U0140530

台湾散记

徐晓望 著

海风出版社
HAIFENG PUBLISHING HOUSE

目录

台南看福州

台南是一个台湾南部的城市，流行闽南话，但令人惊奇的是，在这里到处都有福州人的遗迹，许多失传的福州文化，竟然在台南市完整地保存着，令我大感兴趣。

首先让我惊讶的是台南菜，地道的台南菜尚甜，厨师做菜的最后一道工序，都不会忘记加上半汤匙的蔗糖。吃着甜丝丝的台南菜，有时会忘记这是在台南还是在福州。长荣大学的黄世视教授对台湾的饮食文化颇有研究，他告诉我：过去人家都以为台南菜偏甜是因为台南是台湾最大的糖产地，所以厨师都加一些当地特产的糖，其实不对。因为，台湾在历史上是远东著名的糖产地，不论南北都有大片的蔗林，但是，台湾南北各地的菜，只有台南菜的风格偏甜。我一想，这是有道理的，因为，闽南菜大都不甜，与福州菜的风格大为不同。黄先生进一步告诉我，据他的研究，台南菜偏甜，其实与福州人有关。清代的台湾是福建的一个府，而台南是台湾府所在地。为了方便与福建省会福州的来往，台湾府官员的幕僚都是从福州请来的，因而，台南市官场上流行福州文化，幕僚们讲福州话，请福州厨师做菜。福州人精美的饮食文化也因而传到台南。大家知道，中国人的饮食文化是世界有名的，而闽菜又是中国八大菜系中的一支，尝过福州菜的味道，很难将它忘记。所以，尽管百年来台湾经历了日本人的统治，西式饮食文化的冲击，但台南依然保存着福州菜的风格。

这次谈话使我对台湾文化有了进一步的认识，过去，我将台湾文化看做是闽南文化的延伸，现在看来，这一观点过于简单化。实际上，台湾文化在形成过程中，虽以闽南文化为主体，但也吸纳了闽粤各地文化的成分，其中尤其是福州文化在台湾的影响颇深。清代的福州不仅是福建省会，而且是东南著名的工商业城市，所以，台南开埠之后，福州人就陆续来到台南谋生。他们有的是官府雇员，有的是商人，还有的是自食其力的手工业者。福州人的“三把刀”是极为有名的，过去福建较大的城市，凡是拿菜刀的厨师、拿理发刀的剃头师傅、拿剪刀的裁缝师傅，多由福州人担任，台南作为福建的一个府级城市，自然也不能例外。他们聚集在台南市的中心，开商店、做买卖，形成了福州人的圈子。在台南市的东部，我还看到了清代

台南的古城门

福州人的墓地，上千座坟墓排列在小山冈上，斑驳的墓碑记载着流逝的岁月，相思子树在风中沙沙作响，令人触景生情，发一声轻轻的叹息。

今天台南福州人的子孙，都已融入到当地族群中去。但在台南四处，还能看到福州人的遗迹。以地名来说，福州有个台江，过去是沿海商船往来的一个码头，后来发展为福州一个区的名字。在台南市，竟然也有个“台江内海”。其缘由是清代的台南市面临一个很大的海湾，海湾外围是一系列沙洲，有名的“一鲲身”至“七鲲身”等就是这些沙洲的名字，沙洲之间有水道与外海相通，所以，沙洲以内的海湾被叫做“内海”。让我惊讶的是，这个内海被叫做“台江内海”，事实上，“内海”还是一个学名，在当地人中，就直称这片海域为“台江”。台江是福州的地名，以“台江”之名命名这个内海，显然与福州人有关。黄世祝教授就提出：台南的“台江”应是福州人起的名字。当时我还有点疑惑，因为，就我所知，福州的水陆码头一直以南台最为重要，早期的南台是指钓龙台之南的江边区域，现在是上杭街、下杭街周边的区域。台江商业码头的繁荣，似在五口通商之后，但台南市有台江之名，是在清代早期。所以，我当时提出：会不会是先有台南的台江之名，后有福州的台江？是福州人受了台南市的影响，将台江之名带到福州？最近在《明诗别裁集》中查到明代前期福州诗人高秉的一首诗：《题台江别意饯行顾存信归番禺》，诗中吟到："东去台江应到海，唯因流水寄相思。"这说明早在明代初期福州的台江就是对海贸易的一个码头，只是当时的海上贸易不够发达而已。这样看来，台南市的台江之名，只能是来自福州了。

台南市的临水夫人庙

台南的庙宇文化也深受福州人的影响。以临水夫人来说，这是一位典型的福州女神，在《闽都别记》等神话故事中，临水夫人手持三尺宝剑，驱魔护法，她上天入地，斩鬼除妖，赫赫有名的齐天大圣只是她手下的一个先锋官。因此，福州人最崇拜临水夫人，称之为"陈大奶"。料想不到的是，台南市的中心也有一座临水夫人庙，周边的妇女对她十分信仰，在生产前要请陈大奶的像到家中，小孩出生后，要拜陈大奶为契娘，每年元宵节，要请"红头师公"在陈大奶庙前摆下护法阵式，她们带着小孩来"过关"，过关之后，就可求得一年平安。这些风俗都与过去的福州相同。除了临水夫人庙之外，台南还有齐天大圣庙、五瘟神庙，这些庙宇的香火也来自福州。总之，不要以为台南的庙宇都是从闽南传去的，其实其中的许多庙宇都与福州人有关。

最让我感动的是一次街头巧遇。十五年前，我在《福建日报》读书版（1992年2月25日）发表过一篇《闽绣风韵何处寻》，说的是福州历史上以刺绣闻名，但随着岁月的流逝，刺绣这一项手工艺已经在福州失传，让人感叹：昔日的闽绣风采今日已无处可寻。但在台南市的街头，我竟然看到一座传统的刺绣庄，绣庄门口打出的广告是“福州师傅亲传”。这让我喜出望外，因为，我终于找到历史上著名的“闽绣”尚存于世的根据了。

台南市福州师傅传下的刺绣

中国有四大名绣：苏绣、湘绣、蜀绣、粤绣。很少有人知道：在历史上“闽绣”的名气绝不亚于四大名绣。

福建的丝织业在唐代已有一定规模，刺绣手工艺则在五代时期开始出名。当时，莆田诗人徐寅作了一首赞闽绣的《新刺袜》诗：“素手春溪罢浣纱，挽柯攀叶也无端。重门剩著黄金缫，莫被飞琼摘上天。”可见，这是一件十分美丽的绣花丝织品。闽国建立后，在福州设有百工院，其中有许多织绣工人。有一次，百工院为闽王王延钧生产了一床真丝蚊帐，蚊帐上绣有九条飞腾的龙，取名为“九龙帐”。

1975年，考古工作者在福州北郊发现了一座宋代古墓，其墓主是宋官员——黄升，他可能与宋宗室有亲戚关系，在他的墓中，出土了一些标有“宗正纺染丝绢官记”的绸缎。南宋福建设有国姓赵氏的宗正司，其中西外宗正司设于福州，南外宗正司设于泉州，他们总人数有数千，消费量很大，所以要设专门的“宗正纺染丝绢局”，为其生产日用衣料。黄升墓是一个丝绸宝库，墓中有354件丝织品，种类有绫、罗、绸、缎、锦、绉、绢等等。其色彩缤纷，图案富丽，代表了当时的一流水平。南宋福州黄升墓中也出土了许多绣花珍品。据丝织专家研究，这些丝织品应用了茎锁绣、蕊打子绣、贴绣、钉金、钉线、敷彩、花叶铺针绣等多种技法，这些技法在今日的苏绣中仍然使用。可见，宋代闽绣是不亚于今日苏绣的。

元代，闽中刺绣技压天下，统治者在惊叹之余，增加了福建丝织品的进贡数量。《元史·成宗纪》记载：成宗大德元年（1297年），朝廷下诏书，削减福建文绣局每年进贡绸缎的数量，但要求剩下绸缎都要绣上各种花式。这些材料都表明朝廷皇室对福建绣品极为赞赏。福建提举司为了完成进贡，便在福州设立文绣局，招募男女儿童学刺绣，文绣局人数多达3000人！这些儿童自幼从事刺绣，心灵手巧，作品上佳。至大二年（1309年），元太子命令福建绣匠提举司给他选拔六名童男女绣工，福建官员答复：绣童年幼，不可离开父母，把元太子的荒唐命令顶回去了。元代福州文绣局每年要调发数千织工绣女，这对老百姓来说是一大负担。有时，朝廷催要得急，福州官员便出动军队到处抓绣工，用鞭子把他们赶到文绣局，所以，常常引起百姓不满。后来，有一位名叫范梈的福建廉访使作了一首《闽州歌》：

“闽州土俗户不分，生子数岁学绣文。围绷坐肆杂男女，谁问小年曾识君。古来夜行斯秉烛，今者衢路走纷纷。那更诛求使者急，鞭棰一似鸡羊群。古来闺阁佩箴管，今者女工征六军。虽复太平少征战，设有备豫将何云。去年居作匠五千，耗费府藏犹烟云。官胥掊克常十八，况以鸠敛夺耕耘。只今弃置半不用，民劳竟是谁欢欣？岁岁条章省烦费，幸且不省无方殷。唐虞在上俭且勤，后王犹复锦绣焚。岂有夔龙让姚宋，不言忍使忧心熏。观风自是使者职，作歌虽远天应闻。”

这首歌以文绣局男女混杂为理由，上疏皇帝，要求撤销福州文绣局。成宗皇帝重视儒学，面而范梈是当时有名的大儒，所以批准了范梈的陈奏。福州文绣局就此撤销。老百姓的负担因而减轻了。

不过，虽说文绣局撤销了，闽绣的名声还在。元代官方经常在福建采购丝织品和刺绣。直到明代初年，许多人还到福建来采购绣品。《闽杂记》记载了一个故事：明代后期，有一位杭州人在南平做官，他的老乡托他买“延平绣补”。他回答：南平出笋干，绣补徒有虚名而已。可见，到了明末，闽北的刺绣开始衰落。清代，苏绣、湘绣、粤绣、蜀绣等四大名绣出名，闽绣少有人提及。但是，福州与泉州都有些妇女爱刺绣，城内也有专门的绣庄出售刺绣作品。民国时期，一位福州女子的刺绣佳品还得到过世界工艺大奖。但近几十年的福州、泉州，都看不到这类刺绣了。我曾以为历史上著名的闽绣自此消失。如今在台南市的街头看到不少绣庄都打出“福州师傅”的名号，这表明刺绣这门福建的传统手工业还在台南市延续着，这让我感叹不已，便与绣庄主人聊起来，得知他是家传手艺。他的父亲跟着一位福州师傅学艺，传下了福州流派的刺绣手艺。近年台湾重视民间的文化遗产，他的手艺也得到认可，在台湾多次传统工艺大赛中，他都得过奖。说着，他拿出相片簿，让我欣赏得奖作品的风采。我告诉他，我在福建福州工作，但福州已经没有刺绣了，以后要看闽绣风韵，得到台南来。他听了很高兴，临行时，还送我一个闽绣风格的香袋。回到福州后，这位绣庄主人还给我寄过两次邀请，请我去台南参加传统手工艺展览会与研讨会，可惜，因琐事缠身，也因为赴台手续难办，竟未成行。但台南的福州文化遗存，已经给我留下深刻的印象。

闲话台南开埠

2004年10月，我有幸受聘为台南大学台湾文化研究所的客座教授，其后在台南市住了五个月，台南在荷兰人时期建立了热兰遮城与赤嵌城，郑成功驱逐荷兰殖民者之后，将其改为安平，清朝在台南设置台湾府，清末台湾建省，省会才改到台北市。所以说，台南是台湾文化的发源地，闽南文化、客家文化首先从闽粤传到台南，然后再从台南传到全台湾。对做台湾史研究的我，能到这样一个城市居住五个月，真感谢天赐良机了。

在台南感受最深的是台湾学者待人的热情，台南大学的学者经常邀我出游聚餐，可以说是三日一小宴，五日一大餐。他们开玩笑说，凡到台南的学者，都要胖十斤才能回大陆，我回福州后果然是胖了五公斤！台湾人吃饭是交际，也是做学问，在酒桌上，我们无所不谈，有些学术观点就在酒桌上形成了、或是完善了。他们告诉我，过去台南的港口叫五条港，港外是一大片水域，名叫“台江”，在荷兰地图上称之为“台江内海”。台江实为一个渔场，台南的餐桌上常见的乌鱼就是台

台南市现存的古城门

江内海的特产。乌鱼味道鲜美，它是一种回游的鱼类，每年秋季，它从台湾海峡北部游到台南附近的港口产卵。不过，由于河水带来的泥沙拥入台江内海，现在大片海域都成了陆地。台南市区就是在这片沙洲上成长起来的，这也造成台江内海缩小了很多。台南人说，往年渔业资源丰富的时候，成千上万产卵的乌鱼汇聚一处，海面水花四溅，好像开水沸腾一样。一日，我和我的学生到台南附近的东港去看“王船”的修造，此后随意在东港鱼市走走，发现鱼市上最多的商品是乌鱼子，晾干的乌鱼子块大小不一，大的足有一公斤重，小的乌鱼子块也有数两重。我的学生说，乌鱼子是台湾传统的出口商品，每年为台湾带来许多外汇。看着这些乌鱼子，回想餐桌上常吃的乌鱼，我的脑海里电光一闪，有一个问题我想通了。

做台湾史研究的人，都知道台湾史研究上有一个难题：是谁最早发现了台南的海港？台南的海港在历史上又称北港、大员港，日本人说，是他们最早到北港购取鹿皮，所以促进了台南贸易的发展，使之成为一个港口城市。其实，记载日本人到台南购取鹿皮的文献，最多只能推到天启二年（1622年），而史载福建参将沈有容于万历三十年（1602年）抵达台南的港口时，当地已经有许多闽南渔民居住。那么，这些闽南渔民为何来到大员港？看到东港商场上出卖的乌鱼子，我突然想到明代姚旅《露书》对“乌鱼子”的记载，他说当时的台南港口，盛产“鹿筋、乌鱼子、鳗鱼脬”，“乌鱼、带鱼之类，皆咬尾逐队，千百为群。取者必徐举，听其去半后取，不然则绝网断绳而去。” 这说明当时的台南港湾是一个丰饶的渔场，闽南渔民常到这里来捕捉乌鱼、鳗鱼，并到海澄月港出售他们的货物。其时，“乌鱼子”已经是台南最著名的商品了。我眼前的乌鱼子是那么普通，又是那么不凡，它引导闽南渔民来到台南，从而开发了台南。四百年之后，它仍然是台南市的主要特产，真让人感慨万千了。

在《露书》一书中，我又注意到有关“鹿筋”的记载。《露书》所载“鹿筋”即为鹿的腿筋，这是一种美味，我虽未吃过“鹿筋”，但吃过“牛筋”。“牛筋”的韧性很强，以文火慢炖上几个小时，“牛筋”就成为糊状肉泥，但很有弹性，口感很好。鹿筋的美味应不亚于牛筋。当年中国最大的港口是海澄县的月港，它也是海产品与海外商品的批发市场，鹿筋进入海澄市场，就可转销全国了。除了鹿筋之外，我注意到陈第所写的《东番记》一书，记载台南盛产鹿类，当地的平埔族每年都要围捕鹿群，他们每个人都是长跑健将，每次捕鹿时聚合数十人至上百人猛追鹿群，其状况要比非洲群狮围捕野牛更为壮观。追得鹿群无路可走时，平埔猎人投出梭镖，群鹿纷纷倒地，每次猎获的鹿堆积如山。台南平埔族的习惯是不吃鹿肉，只吃鹿肠，所以，对他们来说，多数鹿肉都是没有用的。既然他们自己无法消费如此之多的猎获品，便有闽南商人前来收购鹿脯、鹿角、鹿皮，并转销到月港市场。明万历年间，已经有海澄商人专做台南北港的生意，所以，月港发出的贸易执

台南市现存的古城墙

照中，有专给台南北港的牌照。

明代台南的鱼类及鹿肉输入，对改造福建人的体质起了很大作用。众所周知，中国人一向以素食为主，在早期中国人的餐桌上，肉类是罕见的商品。《周礼》记载西周时代的制度，只有七十岁以上的老人才可吃肉，这不仅反映古代中国人的敬老制度，而且还反映了中国人缺乏肉食的现实。福建人的餐桌上，虽说肉类不多，但鱼类是不少的。不过，由于明代初年海禁，明代的福建人一度很少吃鱼。后来，海禁政策慢慢废弛，渔民犯禁下海捕鱼，他们又从台湾带来大量的鹿肉，这使福建人的体质大为改善。明清之际清军南下势如破竹，一些人开玩笑说，吃素的汉人怎么打得过大鱼大肉的满族！直到福建沿海，满族骑兵才遇到闽人的顽强抵抗，也可说，同样吃鱼肉的闽人才能对抗满族骑兵啊。

如同《东番记》的记载，除了鹿脯外，鹿皮也在明万历年间输入福建沿海港口。当时的海澄月港是国际港口，每年都有许多船只到东西洋贸易，其中发到日本的船只每年不下三四十只。常年贸易使福建商人十分了解日本市场。日本人养牛不多，牛皮很贵，除了牛皮外，鹿皮也受到重视。日本人用鹿皮制造各种手工产品，所以，在日本市场上，鹿皮的价格远高于中国。闽南商人发现这一点，便将海澄的鹿皮转输日本。其后，干脆在海澄申请去台南北港的执照，在这里收购鹿皮之后，直接运到日本的港口去卖，这使台南的北港日益成为国际商港。其后日本商人看得眼热，才想方设法到台南的北港贸易，并在这里收购中国的鹿皮与丝绸。荷兰人发现此地有许多贸易，才强占此地，建立寨堡。这样，我就完成了有关台南市开埠的相关研究，写成《论台湾北港的崛起》一文，发表于2006年的《台湾研究》，此文在台湾史学术界颇受好评。可以说，正是餐桌上的乌鱼使我完成了这一发现。(《福州晚报》2007年11月5日A28版)

王景弘与台南市

台湾的妈祖庙多爱自称为开台第一庙，由此引发了许多争端，各庙聚讼不已，并争相向研究妈祖的学者倾诉，希望我们支持他们的观点，这让我们十分尴尬，不知说啥才好。在这方面，台南市的大天后宫表现比较超然，他们很少介入开台第一庙之争，尽管就文献的记载来说，大天后宫才是台湾最早的妈祖庙之一。

台南沿海的妈祖庙自称是开台第一庙，其理由多为郑成功登陆台南之际，将士将妈祖香火带到了台南沿海，这一优势是内陆妈祖庙所无法比拟的。近来台南内陆的一些妈祖庙则自称早在荷兰人统治时期，当地就有了妈祖庙，这又早过了郑成功登陆台南之时。对台南市诸庙的说法，台南大天后宫的人再也坐不住了。他们向我说道：其实台南大天后宫的香火可以追溯到王景弘时期。按他们的说法，王景弘与郑和早在明代前期就到过台南，并在这里凿井汲水，现台南市内仍有“三宝井”的遗迹。王景弘在台南时，将妈祖的香火带到了当地，所以，当地一直有一座妈祖庙，历代有僧人供奉。明末清军进入台南，宁靖王朱术桂自杀殉国，他在自杀前将宁靖王府捨给信奉妈祖的僧人宗桂，所以，大天后宫的妈祖香火早于台南及台湾所有的天后宫。

对这段话的正确与否我无法表态，但其中提及王景弘则引起我的兴趣。台湾部分地方志早就记载了郑和与王景弘抵达台湾岛的历史传说。康熙《台湾府志》记载："药水，在凤山县淡水社。相传明太监王三保投药水中，令土番染病者于水中洗澡，即愈。"同卷"杂记"也记载了"三保姜"的传说，"凤山县有之。相传明太监植姜岗山上，至今仍有产者。有意求见，终不可得。樵夫偶见，结草为记。次日寻之。获故道。有得者，可疗百病。"龚柴的《台湾小志》云：郑和等人"遍历诸邦，采风问俗。宣宗宣德五年，三宝回行，近闽海，为大风所吹飘至台湾，是为华人入岛之始。越数旬，三宝取药草数种，扬帆返国。"以上记载其实都是传说，郑和与王景弘是否到过台湾在历史上一直有疑问。如果郑和与王景弘驻到过台湾，为何《明史》不记载？明代前期的台湾被称为"小琉球"，郑和与王景弘出使的直接目的是招来海外国家向明朝进贡，若王景弘到过台湾，应会有"小琉球"向明朝进贡的记载，但在事实上，小琉球民众并未向明朝进贡。所以，国内有许多学者都不赞成郑和及王景弘到过台湾的观点。他们认为，郑和的使命是下西洋，他不会跑到东洋的台湾岛去。

台南大天后宫的妈祖像

要说清楚这个问题，还得辨明东洋与西洋的概念。明代将外洋分为东洋与西洋两部分，其根据是以福建至浡泥（今文莱）航线为中心，这条航线以东称为东洋，该航线以西，称之为西洋。东洋的国家较少，主要有苏禄（今菲律宾南部）、琉球与日本，而台湾（当时名为小琉球）也是属于东洋的。西洋的国家很多，今东南亚多数国家及印度洋周边国家都属于西洋。郑和出使的国家主要在西洋，所以民间有“郑和下西洋”之说，实际上，明代的早期史籍很少用“郑和下西洋”这句话，通用的是“郑和下洋”，这说明郑和也到过东洋一些地方。郑和出使外洋的亲历者费信在其名著《星槎胜览》中记载了郑和第三次出海所到国家，其中即有苏禄与琉球之名。苏禄今属菲律宾，而琉球今属日本，二者之间即为属于中国的台湾岛，从苏禄到琉球，或者从琉球到苏禄，台湾岛都是不可绕过的，所以，既然郑和及王景弘到过苏禄与琉球，肯定到过台湾海面！

明代的航海，淡水供应是极大问题。每逢夏日，淡水变质很快，即使在冬天，过上十几天，船上储存的淡水也不能喝

台南大天后宫的祭祀者

了。所以，当时的帆船只要有可能，两三天都要补充一次淡水。郑和的船队有数万人，沿途补充淡水是必做的工作，他们路过台南海湾，上岛汲水是合理的。因此，台湾方志有关郑和、王景弘等人登陆台南的记载，都是可信的。

不过，郑王二人出使海外的使命是招来海外诸国进贡，但台湾岛的土著猎鹿为生，自给自足，不想离开他们的故土，所以，他们不肯陪郑王二人出海。郑和及王景弘见台南的土著执意不肯，也不强求，他们赠送了许多简易手工业品给土著，其中一种是铃铛。台湾原住民善跑，他们将铃铛系于项上，跑步时叮叮当当响个不停，十分有趣，因此，有许多人都将铃铛当做传家宝。直到清代还有人在原住民家中看到郑和赠送的铃铛。当然，由于台湾原住民不愿随郑王二人进贡，所以，明代相关史籍也不记载“小琉球”了。

台湾史籍记载王景弘更多于郑和，这是因为王景弘比郑和更多一次抵达台湾。宣德年间，郑和与王景弘第七次受命下西洋，其后郑和因病死于归程上。船队由王景弘领导继续回航中国。在南海他们遇到了台风。《闽书•郑成功传》记载台湾："宣德中，太监王三保舟下西洋，因风过之。"可见，这次台风迫使王景弘再一次来到台湾，而且可能是在台南一带的港湾登陆，所以，台南方志常见王景弘的遗踪。

郑和及王景弘都是妈祖的信徒，长乐天后宫所遗郑和及王景弘等人的进香碑足以说明这一点。他们抵达台湾，有可能将妈祖的香火带到台湾，但这些香火是否传到后世、并与台南大天后宫有关，就不是现有材料可证明的了，还是将这个问题留给后人考证吧。

台南的郑成功祠

台南市的延平王祠，坐落在台南市的中心地带，红色的外墙，静穆的院落，让来访者油然升起一股敬意，这位排除万难、驱逐荷兰殖民者的英雄，在三百五十多年前为中国保住了一块丰饶的土地。许多游客在郑成功的塑像前鞠躬敬礼，我也是。

我有时想，如果没有郑成功收复台湾，台湾的今天是什么样？历史不可假设，但有一点是没有疑问的，倘若荷兰人长期殖民台湾，肯定会多次发生屠杀华人的悲剧！其实，早在郑成功收复台湾之前，台湾就发生过郭怀一事件，郭怀一原是郑芝龙手下的一个军官，郑芝龙离开台湾后，郭怀一留在台湾并成为华人的领袖，经常与荷兰殖民者打交道。由于荷兰人对民众的压迫十分残酷，郭怀一被迫率众起义，失败后，有八千多闽南移民被杀，鲜血染红了台南的溪水，数日不绝。在荷兰人统治的印度尼西亚，也曾多次发生屠杀华人的事件。荷兰虽说是一个经商的民族，但他们的经商能力比不上闽南人。在荷属印度，经过几十年和平竞争后，荷兰人的钱便转移到华人的口袋里，荷兰便找个理由屠杀华人，用暴力手段将钱拿回来，并

台南的郑成功祠

限制华人数量的增长。因此，假使荷兰人一直统治台湾，华人在当地会是少数民族，绝对不会有今天的繁盛。

在明代末年，郑成功以厦门、金门为根据地，长期和清朝抗争。他的舰队往来于台湾海峡，台湾早就在他的视野之中。荷兰文件表明，当年荷兰人对他十分恐惧，为了保住他们的地位，每年都向郑成功献钱献物。然而，荷兰人对郭怀一的镇压终于激怒了郑成功，继郭怀一之后成为台南华人领袖的何斌，也派人向郑成功献上台南的地图，于是，郑成功下决心收复台湾。

当时的荷兰是世界第一军事强国，挂着荷兰旗帜的帆船驶遍世界各地。中央台播出过《大国的崛起》这一系列节目，其中提到十七世纪称霸世界的国家就是荷兰。当年荷兰人已经能够制造载重上千吨的木壳军舰，船上安放数百尊铜炮，一旦发射可将数里外的海船击碎。面对如此强悍的对手，郑军将领多有惧色，到过台湾的吴豪，坚决反对郑成功出兵，然而，郑成功还是力排众议，下决心出兵台湾。

郑成功攻打台湾之战，最为困难的还是粮食问题。当郑军登陆台湾之后，陆战、海战皆获得胜利，荷兰军退入热兰遮城堡据守。郑成功将其团团围住。这次长围达11个月之久，荷兰人最终吃不消了，总督揆一只好下令投降，退出台湾。其实，当时郑成功的军队也差点未能坚持下去。郑成功所率军队达2.5万人，赴台湾时未带很多粮食。他们在台湾长期屯驻，粮食供应是个大问题。据新发现的荷兰史料记载，当时郑成功在台湾实行食物管制制度，将台湾所有食物收归公有，然后统一分配。被俘的荷兰人对此大为不满，曾经发动过暴动，被镇压之后，又有人病饿而死。郑成功的军队中，也有人吃不了苦，偷偷驾船驶回大陆。现在想来，当时征台湾幸亏是郑成功亲临指挥，换一个人都无法实行食物管制制度，而没有这一制度，郑军就无法坚持，也就不会有荷兰人最终投降的局面了。事实上，在郑成功之前，已经有华人攻打过台湾的荷兰人，郭怀一起义是一次尝试，此前海盗刘香也曾尝试过，他的海盗队伍乘夜爬进热兰遮城堡，造成很大混乱，但在天明后，又被荷兰人反击出来。荷兰人掌握欧洲较先进的工程技术，在防守城

延平郡王祠中奉祀的郑成功像

堡方面很有一套，光凭武力很难打进去。后来，郑成功从一个被俘的荷兰军曹中了解了这座城堡的虚实，才将其外围城堡攻克，迫使荷兰人选择投降。总之，若非郑成功的沉着冷静、智慧过人，攻打台湾是不可能取胜的。

从历史大背景来看，郑成功的胜利是世界上反殖民主义的一次重大胜利。在此之前，欧洲人殖民东方一直很顺利。葡萄牙人在澳门、马六甲、东帝汶等地建立了殖民据点；西班牙人占据菲律宾之后，又窃据台湾北部港口；荷兰人殖民印度尼西亚十分成功。这些殖民国家对中国、日本虎视眈眈，西班牙人想，既然他们能用几百名士兵征服美洲广大的领土，为什么不能征服中国？事实上，他们确实有征服中国的计划。西班牙人用来讨伐英国的无敌舰队，本想在征服英国之后转用于征服中国，只是攻打英国的战事功败垂成，只好放弃了后一步计划。郑成功对荷兰人的胜利，是西方国家正规军在东方第一次受挫，从此以后，他们重新评估中国军队的战力。他们既然打不过郑成功的军队，对最终统一台湾的清朝军队也充满敬畏，

台湾民间用延平郡王的香火保护住宅

只好将征服中国的一切幻想束之高阁。一直到二百年后鸦片战争发生，西方国家才再次掀起征服东方的狂潮。可以说，郑成功的胜利，确保了东方世界200年的和平，使西方殖民国家征服东方的计划推迟了二百年。从这一点来看郑成功收复台湾事件，就可知道：郑成功不仅是中国人的英雄，而且是世界历史上反殖民主义的伟大英雄，他是在世界历史上留下影响的中国伟人之一。（《福州晚报》2007年12月26日A27版）

对话热兰遮城堡

台南的热兰遮城堡是台湾的一级古迹，1623年，荷兰人占据台南（当时名为北港），在“台江内海”的出海口修筑了一座城堡，这就是热兰遮城堡的由来。随着岁月的流逝，近代的热兰遮城堡只剩下颓垣残壁，在文化热心人的提倡下，台南市政府将旧堡的遗址保护起来，并在其旁边重建热兰遮城堡，堡内展览当年郑成功与荷兰人作战的史迹。

1998年我第一次到热兰遮城堡参观，城堡虽有管理者，但没有收费，游客可以随意参观。当时我对台湾学者大力夸奖管理者的开放态度，并批评大陆的景点没有不收钱的。不料2004年再去热兰遮城堡，管理方规定每个游客收费50台币，掏钱之际心忖：看来学坏容易学好难，这几年我在大陆鼓吹台湾风景点不收费，鼓吹多年，大陆风景点仍然收费，而台湾的风景点也开始收费了，可见两岸在很多方面都趋同了。又想，这几年台湾财政紧张，管理者大约也感到了经费压力，所以想办法开源节流了。

城堡内展出了明郑军队及荷兰人使用的武器。台湾的景点有一个好处，每一件展品都擦得锃亮，而在大陆展馆看到的古代武器，大都锈迹斑斑。就这点而言，台南展馆收费也是合理的，大陆的许多展馆只管收费，对古代武器的保护却做得不好，什么时候能改一改呢?

热兰遮城堡展馆内有两座半身塑像，像主其一为郑成功，另一位是最终向郑成功投降的荷兰台湾总督揆一。据陪同我参观的学者介绍，馆内原有的两人塑像，是郑成功挺身而立，揆一弯腰鞠躬，献上战刀；后来，台湾部分学者认为郑成功与揆一是平等对话的，应让他们平起平坐，所以有了目前两座同样大小的半身塑像。对这一点，我倒不以为然，当年荷兰殖民者是战败者，他们向郑成功鞠躬是很自然的，只不过让揆一永远保持鞠躬的姿势，西方旅游者看了肯定不舒服，因而会有后日的修改。

城堡展馆内的塑像:郑成功与荷兰台湾总督揆一

说起郑成功与揆一的对话，让我想到郑成功与荷兰人之间的战争。当年的荷兰人以“海上马车夫”闻名于世，世

古炮

界四大洋到处都有他们的足迹。荷兰军队装备了火枪与大炮，他们在世界上的地位，与十九世纪的英军相当。为什么郑成功可以轻易地击败荷兰军队，而清军却败给英国军队？深入研究这一问题，就会知道：明朝工业力量不亚于荷兰是最重要的原因。明代欧洲人到东方，也以船坚炮利闻名于世，但在几次交手后，明朝的工匠很快就模仿制造西方的制式武器。不论是葡萄牙人的火绳枪还是荷兰人的“红夷大炮”，明末福建沿海的工匠都能制造。明末宁远之战中，击伤努尔哈赤的红夷大炮，也是由福建工匠制造、并由福建炮兵发射的。清军入关之后，也学会了火炮的使用方法。顺治年间的海澄之战，清军摆开数百门火炮，轰击海澄两天，海澄城内明军士兵行走，都要头顶盾牌。郑成功每次战斗，都将炮兵当做决定胜负的力量，在镇江之战中，郑成功以大炮轰击清朝骑兵，取得大胜。在这一背景下，荷兰军队单靠火枪与大炮是很难战胜郑成功的军队的。另外，郑成功还有荷兰人尚不知道的《孙子兵法》。当时的欧洲人作战，都是选择平原地带，约定日子面对面决战，根本没有人想到埋伏之类的战术。在中国军事家看来，他们只有宋襄公的水平。郑成功与荷兰人的陆上会战，郑成功仅选用了《孙子兵法》中的伏兵战术，他在交战之前将一支军队埋伏在荷兰军队的侧翼，交战后，荷兰兵迈着整齐的步伐向明军攻来，突然间，荷兰军侧后冒出一支明军发起进攻，加上正面夹击的郑军，身陷两面夹击的荷军纷纷弃械而逃，明郑军队轻易战胜。这一次明军与荷军的对话，实际上是双方文化的对话，中国方面拥有以《孙子兵法》为代表的世界顶尖战争指挥艺术，而工业力量也不亚于荷兰，加上荷兰兵远少于明军，荷军的失败是自然的。

清代鸦片战争发生时，双方形势已经发生了转换。英国的工业革命正是如火如荼，每年都有新的技术发明。两军比较，中国的军事科技已经落后许多。当时英军已经装备后膛枪，弹药填发速度快了很多，而清军还在使用两百年前的火绳枪，发射速度远不如英军。在三元里之战中，英国的火枪被大雨淋

湿，无法发射，一度被三元里民军围攻，十分危险。此战结束后，英国从英国

重修的热兰遮城堡

运来最先进的击发步枪，不受雨水影响。在大炮方面，英国人也使用了后膛装弹的开花大炮，而清军仍是明末清初“红夷大炮”的水平，发射准确度很差。由于工业技术相差太远，清军即使有《孙子兵法》也填补不了技术上的差距，更何况清军指挥官的水平远不如郑成功的部下。清军的失败不待而知。

中西方最大的文化差异在于东方人的知足与西方不断扩张的文化。近五百年来，西方兴起过葡萄牙、西班牙、荷兰、英国、美国等世界霸主，这些霸主最后失败的原因只有一个：超过自己能力的扩张。荷兰在万里之外的异乡与中国发生战争，是最自不量力的表现。台湾之战之后，荷兰国力透支，接连三次被英国打败，最终交出了世界霸主的地位。英国人侵略中国百年，最后也被迫将香港还给中国。与其相比，郑成功在荷兰人投降之后，放他们回家，仍然与荷兰人做生意，郑成功立点之高，就不是西方人所能理解的了。(《福州晚报》2007年11月26日A27版)

赤嵌楼的夕阳

赤嵌楼位于台南市的中心，它最早是荷兰人建筑的，郑成功收复台湾后，就住在这座楼里。清朝取代南明之后，台湾府衙门也曾设在这里。由于楼的主人多次更迭，赤嵌楼已经被改造为中式建筑，在赤嵌楼之顶，修起了中式的翘角与屋脊，从高处望去，很难将它与旁边的大天后宫、关帝庙分开来。

我觉得中式建筑的精华全在它的屋顶，优雅的屋脊和翘角，既像伏卧的长龙，又像展翅欲飞的凤凰，其实，全世界的人都将它作为中国建筑的象征，大多数的唐人街都要修一座有中式翘角的牌楼，好像没有这座牌楼，就算不上真正的唐人街。到海外访问，只要看到尖尖的翘角，就知道来到华人区了。赤嵌楼的主体虽是西式建筑，例如，它所配的窗户具有明显的西式风格，然而，一旦配上中式的屋顶，感觉上就是中国的建筑。

不过，荷兰的西式建筑风格其实也对闽台的建筑发生了影响。不论是到闽南还是台湾，都会对这里的红砖建筑印象深刻，在一大片绿色的树海中，有几座红砖楼突兀而出，就像木棉树上的红花，美得令人眩目。我一直不明白闽南红砖楼的由

夕阳下的赤嵌楼

赤嵌楼周边的碑林，叙述着台南的历史

来，因为，福建的传统建筑多是土木建筑，黄土外墙，青砖门面，木制的内墙与栋梁，福建各地建筑无不如此。因此，初到闽南时，当地的红砖建筑让我赞叹不已。闽南老建筑的红砖烧制十分讲究，棱角分明，叩之有声，许多砖上还有黑色的条纹。请教当地人，多说这类红砖是从南洋传来的。到了台湾，看到安平古堡与赤嵌楼都是红砖砌就，才想到，这类欧式风格的红砖，最早是由荷兰人在台南制作，学会制红砖技术的闽南人将其传播到闽南各地，所以，闽南各地才有许多红砖砌就的老屋。泉州的老杨告诉我，当年在他家的附近就有一座砖窑，他从小就看砖窑的工人取土烧砖。积年累月，砖窑附近形成了很深的土坑，一到雨天，这些土坑就成了水洼。著名的泉州东西湖，原来都是烧砖人家取土挖成的水坑。近十年来，泉州将这些水坑稍加改造形成湖泊，可说是废物利用的巧思了。从砖头的质量来说，现代工业制造的各式灰砖和红砖，都很粗劣。而泉州人所烧制的红砖坚硬、漂亮，它的质量可不是现代红砖所能比的。追根溯源，这些红砖竟是荷兰人最先带到台湾，而后又影响到福建。这一事实说明，荷兰人带来的欧洲文化对闽南和台湾也产生了影响。

研究台南的历史，我产生了一个问题，荷兰人建筑热兰遮城堡之后，为何要在远处再建一座赤嵌楼？从老地图来看，赤嵌楼位于台江内海的腹地，与安平的热兰遮城堡相距有数里之遥。赤嵌楼建成后，荷兰人分兵驻扎。然而由于相距过远，互不呼应，被郑成功各个击破。赤嵌楼内的数百荷兰兵率先向郑成功投降，动摇了荷兰人的士气。若他们集中于一处，郑成功要消灭他们就更费力了。

研究台南市地图后，知道赤嵌楼一带是台南的老市区，从华人社区发展的规律来看，华人最早定居台南，应该就是这个地方。它也就是明代古籍上经常提到的台湾北港（注，不是清代的北港），或名大员港。明代中叶，就有华人来这里与原住民贸易，逐渐形成了华人的社区。后来，颜思齐、郑芝龙等人在台湾做海盗，也是以大员一带为根据地。天启二年（1622年）的澎湖危机中，荷兰占据澎湖不肯退出，福建巡抚便哄骗荷兰人到大员港驻扎，以图挑起荷兰人与海盗的冲突。但荷兰人却与海盗结成联盟，他们只在台江内海的外面海口筑堡驻兵，这就是热兰遮城堡。其时大员港仍在海盗们的控制之下。其后，荷兰人哄骗郑芝龙等人袭击福建沿海，才逐渐控制了大员港。所以，直到十几年之后，荷兰人才在大员港的岸上筑城堡，全面控制这里的华人社区。

我在台湾看到一幅天启六年（1626年）西班牙间谍绘制的北港地图，在北港的北岸有一个四方形的小寨，这就是赤嵌楼所在之地。但令人意外的是，后来在史籍中发现，这座小寨并非荷兰人所建，而是漳浦人赵秉鉴所修，时间在荷兰人占据大员港的六年前，即万历四十五年（1617年）前后！

赵秉鉴为漳浦赵家堡人，自称是大宋皇室赵氏的后裔。曾被任命为福建水师右翼军总管。他曾向福建巡抚建议，率军袭击北港，消灭当地的海盗。但福建官府发现，他与北港海盗其实有联系，并在海盗支持下在“赤勘”这一地方筑寨，动机十分可疑。在这一背景下，赵秉鉴后被官府逮捕。台湾人将赤嵌楼的“嵌”字读成Kǎn，所以，赵秉鉴所筑“赤勘寨”，即为赤嵌寨，它是文献记载台南最早的永久性建筑，早于荷兰人登陆台南六年。它也说明，当时的大员港实为中国武装控制，只是海盗活动太多，福建巡抚才想出馊主意，将其让给荷兰人居住，结果让荷兰人占据台湾近四十年。不过，由于有这一层关系，荷兰人在日本“关

台南市的古建筑—赤嵌楼

切”台湾时，总是以中国皇帝让他们借住来堵日本人之口。

赤嵌楼已经作为台湾古迹受到良好的保护，赤嵌楼的背后，还有一座相似的建筑，它是文昌阁，建筑风格与赤嵌楼相似，或者就是赤嵌楼的翻版。这两座楼的周边，已经被开辟为公园，为了突出赤嵌楼，园中的树是少叶的椰子树，其他灌木的叶冠也得到修理，所以，既有了绿化，也能衬托赤嵌楼的形象。令人欣赏的是，赤嵌楼周边没有高层建筑，在园里看赤嵌楼，虽是二层建筑，还觉得挺高的。大陆城市虽有许多古迹受到保护，但周边环境就没有台南做得好，古代建筑周边接着高楼大厦，意味差太多了。夕阳下，赤嵌楼在椰林熠熠闪光，面对这座中西合璧的建筑，我觉得它是一本书，翻开它，就能知道海外文化对闽台文化的影响，也能证明闽台文化的多元性。

安平博物馆的藤牌

台南安平博物馆展览了许多荷兰时代的兵器，一同展出的还有郑成功部下使用的武器。其中，几副像大斗笠一样藤盾引起我思绪联翩。藤盾，又称藤牌，在清初雅克萨之战中，林兴珠率福建藤牌兵大败俄罗斯的哥萨克兵，造就了一段闽南藤牌兵的传奇，看完安平博物馆之后，我又明白了，当年郑成功的部队，还用藤牌击败了荷兰兵！

说起藤牌兵，大家会立刻想起《三国演义》中的藤甲军。当年诸葛亮南征，遇到了身着藤甲军的“蛮兵”，用油浸过的藤甲保护其士兵刀枪不入，一度让诸葛亮无可奈何。最后，诸葛亮是用了火攻的办法才破了藤甲军。《三国演义》是一部明代的小说，诸葛亮的时代有没有藤甲军？史无明载。福建的漳州沿海却一直有一支藤牌兵。就我所见的资料而言，最早的藤牌兵是元代泉州的波斯军，他们在战争中，曾显示出强悍的战斗力。不过，这支波斯兵后在民众起义的风暴中灰飞烟灭，但其藤牌配大刀的战术却在民间流传。明代赫赫有名的“海沧打手”，便是以藤牌为基本武器。

明朝有一些民间武装长期配合明军作战，形成自己的特点。这些部队中，有姚雪垠在《李自成》小说中写到的“毛葫芦兵”，而“海沧打手”便是与毛葫芦兵齐名的一支南方武装。我这里所说的海沧，即为厦门海沧区，明代的海沧原为漳州辖地，它是漳州著名的港市。当地民风剽悍，人人习武。明朝每到战争发生时，便从这里调兵，当地人以习武为荣。每当朝廷招兵的大旗树起，不消一个月，便可以组成数千人的武装。到过漳州的王阳明对“海沧打手”十分欣赏。当他与宁王作战时，便向福建官府要求支援一支万人以上的海沧兵。朝廷

十六世纪荷兰航船，航行台湾之间

命令到达后，海沧附近的许林头、沙坂、长屿、嵩屿、月港、石码各村落迅速行动起来，很快动员了一支大军，最后因宁王很快灭亡，这支军队未用上，但海沧人踊跃当兵的状况，大大

震撼了明朝的官员。其后，浙江巡抚朱纨在俞大猷的建议下在海沧招募水军，这支水军在抗倭战争中起过重要作用。不过，剽悍的海沧人若是没有当兵的机会，也会当海盗，明代的倭寇中有许多人是来自海沧一带的“打手”，也是众人周知的秘密。明朝为了防止海沧人闹事，大量征发海沧人当兵，俞大猷的部下，历来以海沧人为主力。海沧人当兵多了，当倭寇的就少了，明朝最后平定倭寇，与海沧人转向有重大关系。

俞大猷和戚继光是好朋友，两人经常在一起交流武艺。因而，戚继光对俞大猷部的情况很熟悉。他在《纪效兵书》中评论海沧的藤牌兵："以藤为牌，近出福建，铳子虽不能隔，而矢石枪刀皆可蔽，所以代甲胄之用，在南方田塍泥雨中，颇称极便。其体须轻坚密，务使遮蔽一身，上下四旁，无所不备。用牌之间，复有所谓标者，所以夺人之目，而为我之疑兵，所赖以胜人者也。牌无标，能御人而不能杀。将欲进步，然后起标，勿轻发以败其事，腰刀用于发标之后以杀敌。非长利轻泛，则不能接远。其习牌之人，又须胆勇气力轻足便捷少年，然后可授之。以此置于行伍之先，为众人之藩蔽，卫以长短之器，为彼之应援。以之临敌，其众可合而不可离，可用而不可疲，进退左右，无所不利，此藤牌之功用也。"从戚继光的描述中可知，当时藤牌兵的标准配备是一副藤牌加一支标枪，另外的腰刀只是防身武器。由于藤牌兵作战效果不错，这一技

郑成功的战士以及他们的武器

术在民间得到推广。迄至南明时期，藤牌已经成为福建士兵的标准武器。

明代末年的战争中，已经使用了火绳枪，为了抵御火绳枪，郑成功的部队对藤牌的使用进行了改造。

郑成功的藤牌以三人为一小组，其中一人手执藤牌遮挡三人，另二人手执云南札马刀，这种藤牌与札马刀现在鼓浪屿郑成功纪念馆及安平博物馆里尚可看到，藤牌像一面大斗笠，中间有个洞眼为士兵观察之处，盾牌面用百年老藤编成，又用油浸过，坚韧无比。为了防子弹，士兵常在藤牌上面蒙一层水浸湿的厚被，当时称为“滚被”。火绳枪射出的铁砂，打到藤牌“滚被”上，便没有了力量。士兵手中的武器，也从标枪改为札马刀。云南札马刀长约一米，它的刀身较宽，刃薄如纸，极为锋利。士兵举刀一挥，往往可将战马与人劈为两段。因此，与郑成功交过战的荷兰人把云南札马刀称为“肥皂刀”，意为此刀砍人如削肥皂一般容易。作战时，士兵三人一组，举着盾牌缓缓前进，敌人射出的火药铁砂，都被藤牌挡住。当队伍接近敌人时，手执藤牌的士兵转身闪开正面，被其藤牌掩护的左右两名士兵，一齐扑出，两人手中的札马刀，一刀斩向敌骑的马匹，一刀斩向敌人的身体，胜负往往在一刹那之间决出。当年的荷兰兵，便是在郑成功部队的札马刀下，一个回合便被打得大败，弃枪而逃，从此再也不敢与郑成功军队厮杀，只能在较远的距离放枪。这就决定了荷军必败的命运。

岁月悠悠，斗转星移。明郑抗清斗争失败之后，大批闽南军人投入清军，并被调到北方驻扎。藤牌兵也随之北上。康熙策划进讨雅克萨俄罗斯侵略军时，对俄罗斯火枪手甚为担心，有人便向他推荐福建藤牌兵。于是，康熙就近招来福建籍将领——林兴珠。林兴珠献上藤牌与“滚被”，康熙看了大笑，他没想到大名鼎鼎的“滚被”就是湿棉被！他觉得湿棉被使用不方便，便让工匠加厚藤牌，另添两层衬底，确保百步内不被火枪射穿。这种加固的藤牌在实战中发挥很大的作用。福建兵在黑龙江里与俄罗斯哥萨克兵相遇时，他们跳入刺骨的江水中以藤牌护身，向俄军船队游去，哥萨克人惊呼：“大帽子鞑靼来了！”举枪射击，但他们的子弹却穿不透藤牌。福建兵挥刀砍哥萨克兵的双脚，哥萨克人纷纷跌落河中，被打得落花流水。可见，当年清军在雅克萨大败俄罗斯哥萨克人不是侥幸。不过，随着火枪发展为发射单粒子弹的步枪后，藤牌便失去了防护士兵的功能。藤牌兵也参加过鸦片战争，在镇江之战中，藤牌兵与英国军队进行了最惨烈的战斗，得到英国人的嘉赏，称他们为最勇敢的士兵。但是，古老的技术已经无法抵挡西方军事的进步，此后，藤牌兵逐渐退出历史舞台。

安平博物馆模型

台湾的荷兰公主庙

荷兰人从1624年来到台湾，1661年被郑成功围困，先后统治台湾达38年之久。今天的台湾有多少荷兰文化的遗存？这是许多人都感兴趣的。

小庙中的荷兰公主庙

台南大学的学生曾带我去看一个供奉荷兰公主的庙宇，这是一个海边的小庙，座主神其实是观音，但在观音背后的墙上贴着一张“荷公主女”的画像，画中的荷兰女袒胸露臂，面带煞气。田野调查的经验告诉我，这类海边小庙，距村庄有一定距离，多是安放亡灵的处所。其实，在福建的村庄也可看到这类小庙，它多在村庄的边角地头，周边树木茂密，具有阴森森的气息。过去的福建人相信人死后有灵魂，而且这些魂灵具有破坏力，所以，每户人家都要好好地祭祀祖先之神位，免得他们将怒气洒向民众，给村庄带来坏运气。但那些没人祭祀的孤魂野鬼飘荡在田野，常人不小心遇到，便会触霉头。处置这些孤魂的方法是在村庄边上安置一所小庙，供奉秽迹金刚、齐天大圣等法力强大的神镇压恶鬼，这样才能保护村庄的平安。实际上，台湾多数村边小庙也是供奉齐天大圣之类的神，眼前这座小庙供奉荷兰公主，是比较稀奇的。很显然，这是三百年前荷兰文化对台湾的影响之一。

荷兰人在台湾曾经强迫性地传播荷兰文化，他们让当地原住民学习荷兰文字，读圣经，若不服从，还要施以体罚与重税。荷兰人的这些做法引起了原住民的反感，郑成功登陆台湾后，这些原住民纷纷起来暴动，他们焚书砸教堂，将荷兰牧师绑起来送给郑成功。荷兰文化受到毁灭性的打击。在明郑及清朝统治台湾时期，荷兰人在这方面的努力都随着岁月的流逝而消失。所以，现在要在台湾找荷兰人的遗迹十分困难，除了被改造的赤嵌楼与热兰遮古堡的遗址，很难找到真实的荷兰文化遗存。

不过，当年荷兰殖民者退出台湾后，其实有一些荷兰人留在台湾。例如，投降郑成功的荷兰兵。他们投靠郑成功之后，引导郑成功的军队攻打热兰遮城堡，若在战争结束后返回荷兰，肯定要受到军法审判，所以，他们留在郑成功的军队中，有些人还成为郑成功或是郑经的卫兵。台南有一座安置骨灰的大庙，其中有两扇庙门的门神是荷枪而立的荷兰士兵。为什么会选用荷兰人来做骨灰堂的门神？这让后人猜测不已。我想，也许是当年留在郑成功部队中的荷兰人就被选作墓园的看门人，他们死后，又被画作图像，继续看守亡灵的这一份工作？当然，这只不过是猜测。

郑氏家族选用荷兰人为卫兵，其实有很长的历史。早在郑芝龙时代，就用过不少荷兰人。郑芝龙在当海盗前，在日本长崎做生意，曾给荷兰人做翻译。他成为海盗后，又接受福建巡抚的招安，成为明朝军队的军官，而后大败荷兰舰队，俘虏了上百名荷兰士兵。不料他的海盗部下不满他投降明朝，重又叛逃海上，危急中的郑芝龙赶紧将荷兰俘虏武装起来，站岗放哨，保卫家人。郑成功小时候与这些荷兰士兵交往，说不定还会几句荷兰话。郑成功登陆台南后，一面围攻热兰遮城堡，一面招降赤嵌城的荷兰人，其中一些荷兰高级官员带有家眷，郑成功的妻妾中，有一位是金发碧眼的荷兰姑娘，她应当就是荷兰官员的亲属。当年郑成功如何得到她的青睐？郑成功小时候就会的荷兰语用上了吗？郑成功放走大部分荷兰俘虏与这位荷兰姑娘有关吗？要知道当年荷兰人捉到华人俘虏，多是强迫他们服苦役，许多人死于荷兰殖民者的虐待中。所以，若是郑成功以其人之道还治其人之身，谁也不能指责他。然而，郑成功却宽宏大量地放走了荷兰俘虏。除了传统的儒家仁爱思想，郑成功的宽宏受到荷兰姑娘的影响了吗？郑成功死后，这位荷兰姑娘的命运又是如何？

在历史学家看来，历史材料永远是不够详细，而中国的正史一般不记载平民的历史，当然，也不会有这位荷兰姑娘的记

台湾田野小庙中“荷兰公主”庙

载。她就这么消逝于历史的长河中。此时此地，我却在台湾的田野小庙中看到了一座“荷兰公主”庙，不禁浮想联翩。但深入研究之后，觉得这位荷兰公主和郑成功时代的荷兰女子有距离。庙画中的荷兰女子穿着暴露，有些像想象中的现代西方女子。其实，十七世纪的荷兰女子都是束腰露乳，具有古典风格。不过，民间绘画不断变形是可以理解的，它毕竟是一幅现代民间画家的画像，这类画家可以应村民的要求绘画，但绘画的内容多由自己想象，目前庙画中的荷兰女子，应是他脑海中的荷兰女子像，虽然不像，但无可指责。

在中国民间习俗中，夭折的人往往得到祭祀，例如关公作为大将被人杀死，死后反而成为关帝；妈祖生前才29岁便无端而逝，死后也成为神。郑成功所娶的荷兰姑娘也有可能很

小庙中的荷兰公主像

年轻就死了，大家同情她的命运，便将其供奉为神，并加上荷兰公主的封号，就像妈祖死后被朝廷加封为灵惠妃一样。此外另一差异是：荷兰公主是民间给的封号，妈祖是朝廷真实给予的封号。在福建民间，朝廷授予神灵的封号其实不多，而吴真人被称为保生大帝、临水夫人被封为顺天圣母，实际上都是民间百姓的运作。荷兰公主封号的来历也有类似之处。在荷兰公主得到祭祀这一问题上，反映了闽台民俗文化共同的特点。总之，从表面来看，台湾的荷兰公主庙是荷兰文化的遗存，实际上，这是闽台民间文化深层结构的影响。（《福州晚报》2007年12月4日A27版）

野性台南

在台湾住久了，渐渐就感觉到台北人与台南人的差别，这就像福州人与厦门人的差异，又像日本东京人与京都人的区别，虽说深层文化结构是一样的，但细细品味，还是有许多不同之处。不过，要说出这不同之处在哪里可就不容易了，就像喝惯乌龙茶的清客，是水仙、乌龙还是铁观音，一到口中就知道不同，但要说出来，还真不好表达。

我觉得台北人更文雅些，而台南人更具“野性”。台北是台湾的首府，岛上各类机关都位于台北，所以，台北文职单位多，大学多，台北市民或在单位奉职，或在大公司就业，大多文质彬彬；而几十年前的台南人大多是农民，近二十年来，他们从农民转为市民，多经营小商店、小企业，或是打工，完全靠自己打拼过活，所以，台南人更具有草根性，也就是“野性”。台南人爱骑“机车”，就是摩托车，他们大都喜欢飙车，并将消声器拔掉。夜晚，寂静的大街上，忽然一道轰鸣从远而近，那就是一位普通的台南市民在驾驶机车。刚到台南时，我十分不习惯这些机车，每逢过街时，都要瞻前顾后，避开飞驰的机车。后来习惯了，知道他们其实非常遵守交通规

台南“性格”机车人

则，极少有闯红灯的事发生，只要路人遵守交通规则，大都没有问题。不过，有时在大街上等红灯，绿灯一亮，身边的机车便会发出巨大的轰鸣箭一般闯出去，稍不注意，还是会被吓一跳。台南人会开着机车走遍全岛，让机车的轰鸣在城市、田野里怪叫，看着他们洋洋得意的眼神，就知道他们是性格中人。

其实，一个民族还是要具有一些野性。我们的祖先生活于大自然中，要与天奋斗，与地奋斗，与人奋斗，“物竞天择，适者生存”，在这种环境中，都培养出敢于拼斗的“野性”。他们不论落到什么环境中，都会凭自己的力量打拼，闯出一片天下。半个世纪以前，由中国农民组成的中国志愿军打得武装到牙齿的美军望而生畏，主要是他们敢拼敢打，敢于刺刀见红。每当短兵相接时，后退的总是美军。所以，志愿军尽量与美军打近战。美军冲锋时，最怕志愿军的反冲锋，他们说，志愿军的军号声一响，潮水一样的中国军人冲上来，许多新兵便尿裤子了。台南人也具有野性，他们往往在一无所有中从小生意做起，一路打拼，最后成为大资本家。据说，台湾最大的方便面生产集团的开拓者，原来就是在街头卖“担担面”的小贩，受到日本方便面的启发，他将台南传统担担面制成“面干”，配料浓缩后袋装，便成为口味极佳的方便面，它的市场占有量更胜于日本商品了。

台南人还有一个地域情结——府城情结。在刘铭传将台北定为首府之前，台湾的首府是在台南。清朝台湾府衙门就在台南赤嵌楼的附近。那时的台南是台湾的政治、经济、文化中心，台南人逐渐形成了我是台湾第一的文化情结。刘铭传任台湾巡抚之后，觉得台北平原地域开阔，离福建省会福州更近，有利于从福建得到支援，便将台湾首府迁到台北，这对台南人是一个打击。但台南长期作为台湾的首府，具有更为深厚的文化底蕴，台湾许多著名的文士都是台南籍的。近代的台南人擅长打拼，所以，台湾的大资本家也多是台南人。 因而，台南人打心底有些瞧不起台北人，他们认为台北人都是靠政府

台南人经商有悠久的历史，这是成功大学博物馆藏台南市鞋街的石匾额

养的，拿一些有限的工资，日子过得紧巴巴的，而台湾经济景气的时候，要挣钱实在容易得很，台南每一个开小商店的小店主，都比工薪阶层有钱。“台湾钱，淹脚目”么。长期心理上的自傲，让台南人对台北人不服气，许多事情要与台北人对着干。台湾的民进党其实兴起于台北，当台北的中产阶级倾向于绿色时，台南人多是蓝色的，当年国民党能在台南得到更多的选票。迨至台北人倾向蓝色，台南人又倾向于绿色，而且一路挺陈水扁到底。其原因在于：台南产生一个陈水扁，满足了部分台南人的府城情结。当然，台南人也不是铁板一块，台南的知识分子倾向于蓝色的也不少，只是人数不如下层民众多。小学水平以下的台南人多倾向于绿色，他们对事物的看法与中产阶级不同。他们认为台北的中产阶级每人都从政府拿到高工资，得到了许多好处，也该分一些给台南人。因而，陈水扁贪污，在他们看来只是从台北人手中拿回一些利益，没有什么不对。台北司法机关检举陈水扁家人，是在欺侮台南人，台南人要抱团帮助陈水扁，这是陈水扁在犯案后仍然能在台南拿许多选票的原因。不过，台南的中产阶级与台北人的价值观相似，他们中间挺蓝的人也不少。我在台南大学时，看到校内的蒋介石像屹立不倒，就知道我这大学是倾向于蓝色的。近年台湾经济恶化，台湾大资本家纷纷出来反对陈水扁的路线，其中就有台南籍的许文龙等人。2004年台湾“立法院”选举，台南市共有七个职位，其中蓝得三席，绿得四席；2008的“立法院”选举，虽说台南市二席全被绿军囊括，但蓝军的选票仅略少一些，所以，蓝军在台南还是很有势力的。不过，由于府城情结的影响，陈水扁在台南还有不少支持者，蓝军与绿军在台南的对垒将是长期的。

其实，台南人最大的特点还是务实，台南人不是农为生，便是以商为生，他们的生活大都依赖市场经济。台湾经济景气时，他们大多养成了大手大脚花钱的习惯，近年台湾经济发展停滞，大家都感到日子难过，对民进党的埋怨也多起来。虽说有些人“肚子扁扁也要挺阿扁”，但多数人还是更为实际的。看到这一情况，陈水扁在台湾发“老农补贴”，每位上年纪的老农都能得到6000台币，台湾南部的农民数量相当多，老农也多，这是民进党能在台南仍然占有许多选票的原因。但政府发钱总是有限的，最好是市场大开发。台南人其实对大陆市场相当感兴趣，我在台南市场上买东西，人们知道我来自大陆，只要有空，总会对我问东问西。去年大陆对台湾开放农产品市场，台湾农民也是高兴的。台南市政府早就在台南的海边修了一个大港，以便在三通实现后发展对大陆贸易，只是民进党政府逆潮流而动，才使三通滞后，一旦三通实现，擅长打拼的台南人，一定会在大陆市场上大显身手的。

“小心落叶”与台湾的人文关怀

曾有一个大学生悄悄地问我：“台湾很先进吧？”看着他一脸神秘的样子，我倒觉得无法简单地回答他，因为，光从物质条件来看，台湾的城市建筑其实比不上大陆沿海的城市，台北的高楼大厦绝对没有上海的浦东多，就连街道绿化也比不上福州、厦门等城市，但台湾也有她让人欣羡的地方，那就是无处不在的“人文关怀”。

第一次走进台南大学的校园，就有一条标语让我差点笑岔了气，在一棵椰子树的树干上，赫然写着：“小心落叶”，古人形容胆小的人有一句谚语：“生怕树叶打破头”，此处却提醒人们“小心落叶”，不是叫人做胆小鬼吗？但深思其事，又觉得台湾人了不起，因为，这体现了台湾社会对每一个过路人的关怀。

椰子树在福建也是常见植物，我们对它并不陌生。椰子树的树叶又长又大，若是突然落在某人的头顶，确实可能伤人。不过，椰子树的树叶难得掉落，砸到行人的机会更是小之又小，我们平常都漠然视之，没有人想到要提醒过路人：“小心落叶”！可是，台湾人想到了，并写成标语，让来去匆匆的行

台南大学的校园

人知道：这里存在着一个小小的危险，虽然被椰子树落叶砸到的机会极少，但还是请注意一下吧！想到这里，我不禁肃然起敬，让人感到台湾社会无微不至的人文关怀。

我在台南大学研究室的窗外，有几棵矫然挺立的松树，上面住着一窝松鼠，看着它们在树上窜来窜去，有时竖着大尾巴用小眼睛看人，确实很有趣。有一次，松鼠乘人不注意，到松树下捡松果，却被一只宠物狗发现，两个可爱的动物吵了一架，宠物狗在树下汪汪直叫，回窜到树干上的松鼠也在吱吱抗议。看着这一天趣盎然的场景，我几乎忘了自己是在大学内还是在山野之中？我想，很多大陆的同事也都希望自己的校园成为融入大自然的花园，让松鼠自由地在树上跳跃，也让自己可以和野外的生物一起散步。然而，要做到这一点，还得有全民关心环境的共同意识，其中只要有一个人做不到，就会有焚琴煮鹤的悲剧。前几年，我家附近的一个假山水池里，有人放生了十几只小鱼，傍晚坐在池边，看着鱼儿游动，别有情致。可是，两天之后再来，池中已经没有了鱼，问之，知是几个小孩发现池中有鱼后，大为兴奋，他们跳入池中摸鱼，将它们一网打尽，变作盘中餐。我想，这些小孩长大之后，一定会为自己当年的行为而后悔，但在当时，为何不能想到保护池中之鱼，好让生态长续？这就是社会文化环境的差异，目前我们只有少数人知道要保护环境，而台湾很早就做到多数人都主动保护环境，这才让城市中的大学有了山林的意境。

台湾人对环境的认识也有差异。我发现台湾有些教授不喝顶级乌龙茶，问其原因，他们娓娓道来：台湾的乌龙茶做得很好，其中最好的乌龙茶长在高山上，这里的温度较低，长年的严寒使茶树的树叶含有较多的矿物质，制成茶叶，味道浓厚。所以，台湾茶农将高山上的顶级乌龙茶称为“冻顶乌龙”，可卖很高的价钱。然而，随着高山乌龙茶价钱的升高，台湾茶农纷纷到高山顶上开辟茶园，这就引起了许多山地的水土流失，于是，有些知识分子便要求政府严禁高山种茶，但这一要求受到茶农的抵制不了了之。在这一背景下，许多台湾知识分子提倡不吃“冻顶乌龙”之类的高山茶，众人的抵制，一定会使高山乌龙茶的价格回落，茶农不再因图利而开垦高山茶园。从实效来说，这种做法犹如精卫填海，目前台湾不喝高山乌龙的人不多，冻顶乌龙之类的茶叶仍然保持高价，但这些知识分子仍然坚持下去，并相信他们一定会影响众人，达到目的。这是让人敬佩的一群人。

台湾的知识分子形成了保护弱势群体的共识。在台湾，我经常搭朋友的车出门，每逢节假日，台湾的堵车也很厉害。台湾城市堵车时有一景，就是有一些穿着清凉的女孩穿行于车辆之间卖花。花的价钱很高，一串茉莉花，要卖20台币以上。我发现，我的朋友们没有一个拒绝买她们的花，但买来之后，顺手一搁，并不重视。有一次，我笑他们是否是看中了卖花女孩才出钱买花？他们解释：这些女孩在拥挤的车流中卖花其实十分危险，若非生活所迫，谁也不会做这类小本生意。我们拿了政府给予的高工资，应当还馈于社会，能帮助这些弱女子，还是尽可能帮一些。这让我十分震动。因历史背景的关系，大陆的知识分子养成了一切依赖政府的习惯，很少感到主动帮助弱势群体是自己的责任，这与台湾知识分子的境界还是有差距的。一个社会若是养成主动帮助他人的习惯，这个社会肯定是处处让人心旷神怡，台湾社会就达到了这一水平。在台湾，你上街买东西，到政府办事，绝对不要怕受气，因为，你随处都可以遇到礼貌的待遇。倒是报纸有时会报道民众由于不理解而给官员气受。与之相比，大陆还有许多不足之处，所以，若要说台湾比大陆的领先之处，我想不是在硬件方面，而是在软环境吧。我将这些认识告诉台湾朋友，他们的回答是：大陆发展很快呀，过去认为大陆差我们20年左右，仅过几年，就觉得大陆与我们的距离大大拉近了，也许再过10年，你们就超过我们了。我的回答是：谢谢吉言。但我知道，大陆人口众多，西部还有许多生活贫困的人群，而要从整体上达到较高的人文环境，消灭贫困是首先要做到的。毕竟孔子有言："富而教之"么！这样看来，大陆超过台湾所需时间，肯定不只十年。不过，只要目标确定了，奋斗就有了方向，若以精卫填海的精神去奋斗，胜利到来的时间也许会大大提前呢。

感受台湾的原住民部落

我在台南大学的学生中，有几位是台湾原住民。其中一位年纪已近四十，还在台湾文化研究所读研究生学位。相互了解之后，才知道这位学生已经有丰富的社会经历，他在大学毕业后到国民党党部服务多年。国民党沦为在野党之后，无法养活太多的工作人员，他便响应“党的号召”，回到家乡服务，开一间小小的咖啡店谋生。他还没有结婚，女朋友是闽南人，很漂亮，但其父母要求他们有正式工作后再结婚——台湾人养育一个小孩花费很大，没有稳定收入是不行的，于是，两人的婚事便拖下来了。

我这位学生住在山上的原住民村落中，每次来台南上课，都要开车两个多小时，有时，他也邀请学校的老师到他们部落去玩，我便参加了一两次学生、老师与原住民的联欢活动。台湾岛地形狭长，而其玉山山脉却比福建的武夷山脉还要高一千多米，所以，离开平原后，便是一路爬山，好在我从小就在闽北山区锻炼过，没在盘山公路上转晕。一边坐车，看着窗外“跃上葱茏四百旋”的美景，一边却在想，台湾修山区公路确实不容易，其成本肯定比平地要多得多。当年蒋经国率十万国军退伍士兵在山区修路，功不可没。台湾的原住民会感谢国民党吗?

车到原住民村落之后，参观了当地的博物馆，又到学校与学生联欢。在我们看来，台湾山区的学校有些“奢华”，不仅有田径场，还有塑胶跑道，台湾原住民中出了许多体育健将，看来与台湾在体育方面投资有关。当年杨传广获得奥运会十项全能银牌的消息传来，我们也为他们高兴很久。近年，台湾的棒球运动十分发达，台籍投手王建民是美国一流棒球队的最佳投手之一，他在棒球界的地位就像姚明在篮球界，引起广泛关注。台南大学的老师介绍说，台湾棒球以原住民打得最好，早在二十世纪六十年代，有一次，以原住民少年组成台湾棒球队击败了来访的日本少年队，顿时轰动台湾。其后，台湾的棒球一步一步登上棒球界的最高峰，最终产生了王建民这样的优秀选手。不过，现在的原住民学校的学生日渐减少，其原因是许多人家都到城市谋生了。

台湾原住民是一个快乐的民族，他们能歌善舞，对酒当歌，很少为将来发愁。他们的小孩大多很放心地交给学校老师，学校的老师尽心尽责，连学生的衣饰、伙食都要操心，一些老师在山区服务十几年，带大了几代学生。所以，原住民也很重视老师，双方关系很好。早在国民党时期，台湾便很重视原住民干部的培养，每个学校的教师都推荐一些活动能力强

原住民学生在吟唱八步低音

的学生给官方，官方将其送到大学或政治学校中培养，造就了许多管理型的人物。他们这些人毕业工作之后，很自然地倾向于国民党，这是这几年国民党能得到大多数原住民票的原因。因为，他们很早就深耕这一土壤了。

台湾原住民音乐很有特点，其中“八步低音”震撼世界。分步吟唱在西洋音乐中常见，但多为二步、三步，能有四步就很稀罕了。然而，台湾原住民竟有八步声乐，不愧为世界文化遗产。表演开始时，八位原住民男生围成一圈，肃穆而立，像是在回忆祖先在森林中的围猎。忽然，一声长长的低音响起，似在向伙伴报告他发现的动物，在他引导下，有一位同学也吟唱起来，已是双声唱和了，为时不久，又有二个男低音先后加入唱和，四重唱的状况维持一段时间转换为齐唱。洞彻云霄的歌声绕梁三叠，又化为分步吟唱，深沉低音如同雾中的航笛，一声又一声交错而起，驱散了笼罩江面的迷雾，我们这些旁听的人，不知不觉中痴了，直到最后的齐唱结束一会儿，全场才响起热烈的掌声。第二个节目是跳舞，先是原住民学生跳，跳

高雄山区的一所原住民学校

了几支后，便开始跳集体舞，他们一边跳，一边将台上的看客拉下场跳舞，如此场合下，连我这个从来不跳舞的人也无法抗拒，只好下场跟着跳。好在这是一种简单的集体舞，大家手拉手，踩着步子走路、踢腿，任何人都能应付。俗话说，独乐乐不如众乐乐，集体舞便能达到这一效果，让所有的人都高高兴兴地快乐一番。此外，台湾的教授参加原住民的集体舞，也有其深意，台湾教育界受人类学影响很大，人类学强调研究人员一定要与被研究对象同吃同住，在共同生活中了解他们，台湾的研究人员很好地贯彻了这一点，有许多研究少数民族的学者深入山区工作十几年，为自己的研究打下深厚的基础。普通学者有任务在身，无法做到这一点，但在与原住民共乐的时候，都不会推辞。

开完联欢会，我们到研究生的咖啡店中小坐，一边喝着女主人端来的咖啡，一边海阔天空地聊着。这位同学告诉我，他有一个叔公当年被国民党抓去当兵，一到山东战场就被解放军俘虏了，以后数十年没有音信。前五六年，他的叔公竟以教授的身份来到台湾探亲，原来，他已经成为北京中央民族大学的教授了。这位叔公告诉他，当年他被“共军”俘虏后，领导听说他是高山族，非但没有歧视他，反而对他十分重视，并重点培养。共和国成立后，中央筹办民族学院，他也被送到民族学院深造。毕业后，因大学缺少高山族人才，他被留在学校专门研究高山族，几十年下来，从助教一直升到教授，如今也算衣锦还乡吧。由于叔公的关系，他对共产党一直有好感，也和我们这些大陆来客很聊得来。这次长谈，使我进一步深入了解台湾原住民的心灵世界，他们对大陆人其实没有偏见，对国民党、民进党也没有偏见。台湾有些深绿的政治家一直宣传国民党在台湾是外省人欺侮台湾人，其实，台湾大多数人都是从福建、广东移民台湾的，严格地说，他们也是外省人。真正的台湾原住民却很少说什么外省人欺侮本省人，反而将票投给所谓外省人的政党——国民党。以此来看深绿政治家的主张，不能不说他们的认识过于片面了。台湾的社会问题是族

原住民学生的舞蹈

群矛盾，族群矛盾的关键又是政治家的操弄，其实，政治家若能不再操弄族群问题，也许所有的人都能围在一起，在原住民的率领下共舞，这样，台湾社会应能更加和谐吧。

台南的齐天大圣庙

在台南的时候，我经常骑着自行车在市区转圈子，一是为了锻炼，一是为了看台南的民俗风情。有一次在大街上偶然一瞥，看到一条胡同上有写着“齐天大圣”四个字的横匾，不由产生极大的兴趣，便将自行车龙头一拐，穿过水泥森林的胡同，看到一座规模不小的齐天大圣庙，这就是台南万福庵齐天大圣庙。

台南万福庵号称台湾的“开基” 齐天大圣庙，它的创建是在清乾隆年间，距今已经有二百年历史了。台湾各地有许多齐天大圣庙都是从这里分香的。我在庙门前看到了彰化慈申宫、台南灵佛堂定于十月初三到万福庵进香回銮绕境的消息，这可证明灵佛堂与慈申宫齐天大圣的祖庭就是万福庵。

台南万福庵齐天大圣庙及庙内的白猴树

万福庵的大院内有一棵大树，树的底部虬根纠结，像是有数十只猴子挤在猴山上玩耍，有这样一个天然有趣的百猴树，在这里建一座齐天大圣庙真是太合适了。走到庙内看，案上供的正是美猴王齐天大圣，它的香火还不少，墙上的招贴表明，常有民众在此地上香，让美猴王为自己解决生活中的困难。

台湾的多数庙宇都起源于福建，这座齐天大圣庙也是一样，它与福建的齐天大圣庙有着明显的血缘关系。福建的齐天

福建闽安镇的齐天大圣庙

闽安镇齐天大圣庙中的二位猴王

大圣庙很多，其中又以福州城的齐天大圣最有影响。在福州城内，到处都有齐天大圣的小庙，它的祖庙在福州城内的乌石山下，据野史笔记的记载，当年福州的齐天大圣庙宏伟壮丽，香火十分旺盛。可惜的是，民国时期在乌山半腰修乌山路，将庙宇撤毁殆尽，今日的乌山上，只有一座白猴洞是当年庙宇的遗迹。

福州的郊区还保留着许多齐天大圣庙，其中，闽安镇的齐

天大圣庙相当漂亮。闽安是福建古镇，宋代与清代都在这里设置过海关，收取往来船只的通关税，此地的回澜桥建于唐末五代，是福建著名的古桥之一。而齐天大圣庙就建在回澜桥的桥头，说明这座齐天大圣庙已经相当久远。闽安大圣庙还是传统的古建筑，全木结构，门额上题齐天大圣四字，十分刚健有力 。

可惜的是，庙内的神像毁于文革中，文革后重塑。由于在文革中，人们看惯了大型的雕像，所以，重雕的神像较大，与真人差不多。实际上，按照福建古代的习俗，重要的神，其雕像都比较小，而大的雕像多为小神，例如，每个庙宇中都会有充当走卒的“七爷”与“八爷”，每当游神之时，都会有人头上套着七爷与八爷的神像，他们的神像比人还要大一些，但他们的地位却是走卒。台湾万福庵的齐天大圣庙仍然保留古老的习俗，它的神像较小，仅有一尺高，一个人可以抱在怀里。事实上，当年交通工具不便，到台湾谋生的先民要将神像带到台湾，都只能抱一尊较小的像。

对福州人来说，齐天大圣孙悟空是商业之神，凡是经商的人，没有不拜齐天大圣的。记的在蒲松龄的《聊斋志异》中，还记载了一段山东人与齐天大圣的故事。说的是这位山东商人到福州进香，跟随同仁到大圣庙里进香，一看神明为一只猴子，不禁大笑，他认为福州人将小说的人物当真，建立了齐天大圣庙，其实，齐天大圣怎能保护发财？在小说中，这位山东商人因不信齐天大圣而受惩罚，但也因此与齐天大圣结识，后来发财回家。齐天大圣在福州人的神明世界中占有如此重要的地位，福州人到外地经商，当然要在当地建齐天大圣庙。台南原为台湾的首府，而在清代，台湾府属于福建管辖，所以，台湾官员的幕府中，要聘用一大帮福州幕僚，以便与福建省巡抚打交道。大量福州幕僚来到台南市以后，又带来了他们的亲戚到当地谋生，台南的商店多为福州人所开，这应为台南出现大圣庙的原因。

令人遗憾的是：台南的大圣庙现在已经是一座钢筋水泥建筑，尽管建筑式样仍然是中国传统建筑，但万福庵之名给人带来的无限遐想，却停止在水泥森林包围的场地里。万幸的是：庙中的神像还是小型的，两座不大的齐天大圣与通天大圣的形象，尽可让人回想当年大树下的小庙。当年的福州人将神像抱在怀里带到台南，而后在台南建立了小小的庙宇，历尽风雨，小庙在台南人的心中扎下了根，伴随着台南市长大。今天，小庙已经成长为大型庙宇，那是信众们虔诚的心意而铸造的。想到这一点，又对现代化的台南大圣庙感到释然，毕竟，变的只是庙宇的外形，庙宇的文化内涵是永恒的，香火缭绕中，永续不变的是历史沉淀的两岸缘分。（《福州晚报》2008年7月12日A19版）

东港的瘟神王爷祭

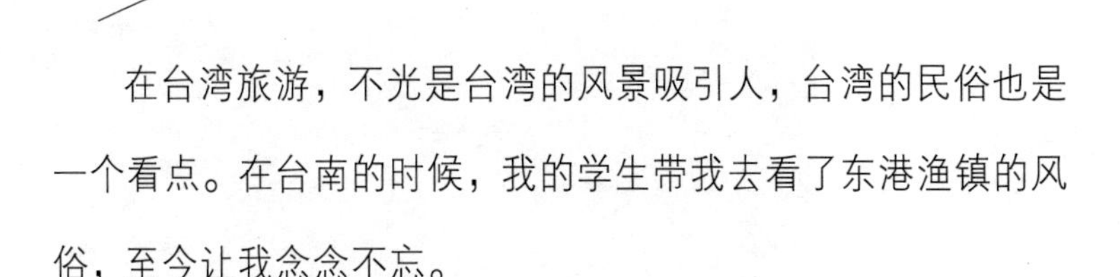

在台湾旅游，不光是台湾的风景吸引人，台湾的民俗也是一个看点。在台南的时候，我的学生带我去看了东港渔镇的风俗，至今让我念念不忘。

台南原是一个因渔业而兴起的市镇，在台南市与安平镇之间的台江港，曾经拥有一大片水面，这里是乌鱼的产地。后来，随着城市的发展，台江港水域渐渐变成陆地，而乌鱼产卵的地方，也就只剩下南部的一片水域，台南人称这片水域为东港。东港镇上，到处都是出售乌鱼籽的商店，一块乌鱼籽重达一斤或至一公斤，味道鲜美，营养丰富，被卖到世界各地，为台湾渔民带来了价值不菲的财富。因而台湾人一向重视东港的渔业。东港的码头，渔船进进出出，十分热闹。台南人经常开着小车到东港的码头买鱼，这里的海鱼既新鲜又便宜，一次买上四五十斤的海鱼放进冰箱，一家人可吃十来天。还有些爱吃鱼的老饕，将刚到手的新鲜鱼交给镇上的餐馆烹调，和几位朋友一边聊天，一边饮酒，等餐馆将烹制好的鱼送上桌，便大快朵颐。吃海鱼，最好是吃刚上岸的新鲜鱼，这时的鲜鱼还有一丝丝的甜味，和冰箱里的鱼相比，可谓一在天上，一在地下

台湾城乡常见的瘟神庙

了。不过，若非在海边直接烹制，永远尝不到这样新鲜的鱼。

东港另一个引起游人广泛注意的是东港特有的王船祭。这里的渔民以瘟神为主要保护神，为瘟神王爷建立了很大的庙宇，每年都要祭祀瘟王爷。东港的瘟神原来自于闽南。泉州的富美宫等瘟王爷的宫庙，在台湾都有许多分庙。尤其是在台南，瘟王爷的庙随处可见。庙宇的信众每每会到祖庙来进香，

为祖庙献上各类祭品，并捐钱修缮庙宇。这里要注意的是，对瘟王爷的祭祀主要是在五月端午。这一天的白天，民众进行划龙舟比赛。到了晚上，则将瘟神王爷像抬出来游行，并将其送到专门订制的大船上，放入大海漂流，谓之“送王爷”。这类习俗，其实就是流传于南方各地的“送瘟神”习俗。毛泽东的诗："借问瘟君欲何往？纸船明烛照天烧。"可见，湖南一带也有这种习俗。不过，其他区域送瘟神，多是用纸船载着纸扎的瘟神像，只有闽南人是为瘟王爷制造真的木船，并为船上的瘟王爷配备许多用品。清朝漳州的蓝授世说："今木船之设……所费至百余金，不止夺中人数十家之产，以投之水中无用之地，其为祸尤酷也。至船中所办之物——妓女、赌具，

台湾南部祭祀朱王爷的山海宫(时任高雄市长吴敦义的题匾)

亵侮慢罪，不胜诛，而首事听之。此幸无神犹可，如其有神，其获罪当不旋踵而至矣，可不慎哉。" 闽南人送瘟神出海大多用真船，"厦门人别造真船，其中诸物，无一赝者，并不焚化，但浮海中，任其漂没，计一船所费，或逾中人之产，付诸无用，殊可惜也。" 送瘟神有三年一次的，也有五年一次的，最大规模的是十二年一次。以漳州石码镇为例："俗十二载迎王爷。始至祖宫，次大宫，次新行，次大码头，次西湖，终及新洲。凡王爷驻跸处，或高结彩楼，或侈张锦幔(俗谓之

不见天)，陈百宝，或妆台阁，扮故事，列旌乐，迎神阅境，费不赀。而修醮演剧，祀王犒将，则全镇皆然。虽穷乡无能免者。历数岁，王始返驾。又必造巨舰，贡粮糈，进百货，大会神人而后送之，总计所耗不下五六十万金。奢靡如此，良可慨也。”

闽南人放出的王船在海上自由漂泊，是真正的“鬼船”。相传在荷兰人占据台南的时候，有一艘王船漂到东港，荷兰人在夜间看不清楚，以为是郑成功的战船前来进攻，便以枪炮轰击。打了一夜，天亮后才发现是一艘无人的鬼船，船上有恐怖的瘟神像。荷兰人大惊失色。不久，瘟疫在台南流行，不少荷兰人死于瘟疫。当地人知道，对于这类瘟王船，是要供起来的。于是，他们为瘟王爷建造了一座大庙，瘟疫才逐渐停息。我到东港的时候，是2004年的冬天。台湾的冬天不冷，在温暖的阳光下散步于东港的街市，十分尽兴。走着，走着，就来到了瘟王爷的庙前，那里的工人正在制造一艘木船，为端午的瘟王祭做准备。学生们介绍：东港的瘟船做得十分讲究，所用木料都是上好的。因而，每年瘟王祭结束后不久，庙里的工人就要准备制造下一艘瘟船了。和古老的习俗相比，现代的瘟船不再放入海上漂流。因为，按照闽南人的习俗，不论何地接到靠岸的瘟船，都要为其造一座庙宇供奉，而盖一座庙宇，可是要花费很多金钱的。尽管台湾人富裕，但要为建一所庙宇筹钱购地，也不是件容易的事。所以，现代的台湾瘟王祭，都改用焚烧的方式。在端午赛神结束之后，都要将瘟船焚烧于海边，以达到送瘟神的目的。

台湾人为何要祭祀瘟神？这与地理环境有很大的关系。在台湾开辟之初，台湾岛上覆盖着热带雨林，瘴气弥漫，蚊虫飞舞，疾疫流行。每一次瘟疫来临，都会有很多人感染故世。郑成功的名臣陈永华，就是感染瘟疫去世的。台湾人相传，陈永华故世之前，身体本是不错的。突然有一衣着古怪的人前来拜访，陈永华一看，知道是瘟神，便交代后事，几天后死去。因卫生条件不好，古代的台湾经常发生瘟疫。民众生活在这种环境中，产生了对瘟神的崇拜。台南沿海的瘟神庙之多，甚至不亚于妈祖庙。近几十年来，由于台湾经济的发展，许多人认为是瘟神保佑他们发了财，因而，民众对瘟神的信仰也日益加深，每年一次的游行赛会都搞得十分热闹，成为台湾旅游业的一大景观。2004年“非典”流行之时，台湾各大瘟神庙都举行了大规模的祭祀瘟王爷的活动，前去烧香的人成千上万。他们希望用自己的虔诚感化瘟王爷，早日将这可怕的瘟疫收回去。

不过，台湾人对瘟王爷又不像对妈祖那样真诚。各王爷庙祭祀瘟神之时，常请一些穿着清凉的美女表演劲歌热舞。这可是大陆没有的“台湾创意”。台南人对此解释是：瘟神老爷是道教的神，而道教的神是允许“吃荤”的。瘟王爷最爱美女，他一高兴，就不会释放瘟疫危害人类了。所有听到这一故事的人，都会哈哈大笑，大笑之余，也感受到台湾人无处不在的幽默。

延平郡王祠中的沈葆桢塑像

沈葆桢是“三坊七巷”走出来的福州名士，他是林则徐的女婿，晚清仕致总督大臣，也是一位对台湾作出重大贡献的闽人。

我在台湾多次巧遇沈葆桢。有一次，我在台南的延平郡王祠游玩，顺路向该祠的后花园走去，竟在这里看到了沈葆桢的半身雕像！这使我有他乡遇故知的亲切，毕竟，我在福州住了25年，已是半个福州人了。那么，沈葆桢的雕像为何会塑在延平郡王祠的后花园？我仔细看沈葆桢雕像下的注释：

缘起台南市文史协会因感念钦差大臣巡台使者沈葆桢于同治十三年（1874年）奉命到台湾办理防务，积极备战，并与日陆军中将西乡从道交涉，理谕其退兵，同时开山抚番，革除积弊，并多所建置。如改革营制、开府设县、解除禁令并建亿载金城、延平郡王祠及海神庙（在赤嵌楼）等不一而足，对台湾有其卓绝伟大之贡献。其爱台湾之心诚然受人钦佩景仰，尤以为创革完人郑成功奏请建祠入祀，更深得人心。特由台湾市文史学会邱火松理事亲自塑制沈葆桢塑像乙座，转赠市府供市民瞻仰。（2004年3月1日）

这使我明白了延平郡王祠的后花园为何会有沈葆桢的像，

因为，沈葆桢是延平郡王祠的创立者么！中国古代的寺庙一向重视始创者的地位，例如福州的涌泉寺中有始创者王审知的神位，让其安享千年香火。作为延平郡王祠的始创者沈葆桢，庙主本可在庙内给其立像，但因沈葆桢的谦虚，建庙之后将自己的身影淡化，所以，长期以来，延平郡王祠中并无沈葆桢之像。迄至2004年本地艺术家为其立像，表明当地民众一直没有忘记这位为台南做了很多事的著名大臣。

台南郑成功祠后院的沈葆桢塑像

沈葆桢为郑成功立像，表明清朝对台湾政策的一个重大转化。郑成功在清代初年是东南抗清势力的领袖，他以厦门、金门二岛为根据地，率领上千艘战舰在东南沿海打游击，或是北上江浙，或是南下广东，让清朝的军队疲于奔命。1661年的南京之战，郑成功的军队深入长江数百里，切断运河交通线，几乎颠覆清朝在东南的统治。气急败坏的清朝统治者称郑成功为“海盗”，并在此后200年里一直维持这一政策，将郑成功及其子孙描述为横行东南海疆的大海盗，最终被清朝平定。

然而，200年的岁月使清朝与郑成功之间的政治冲突烟消云散，对郑成功的任何攻击都没有任何现实意义。郑成功在不利条件下坚持抗清的立场却引起了清朝官员的敬佩。早在乾隆年间，乾隆帝评明末人物，便给郑成功好评。认为他誓死忠于明朝，是坚持了儒家的道德标准。与其相比，那些降清的郑芝龙、洪承畴之流才是不齿于民众的“二臣”。但这些评论仅在很小的范围内流传，清朝并未在大范围内为郑成功“平反”。不过，公道自在人心，尽管朝廷对郑成功的政策仍然保守，但台湾民间却一直将其当做英雄人物来尊敬，有人为其私立庙宇，也有人夸张地说，台湾随处可见的王爷庙实际上是祭祀郑成功。他是一位感动所有台湾人的英雄。

沈葆桢在台湾感受到郑成功无处不在的巨大影响，不论是布置海防还是开拓东部山区，沈葆桢都感受到郑成功为其打下了坚实的基础，郑成功在民众中间历久不消的影响，更是一笔巨大的精神财富。沈葆桢看到，与其消极对待这股重大影响，不如将其利用起来为清朝的统治服务。毕竟，在保卫台湾这一点上，清朝官员和郑成功是一致的。沈葆桢让人敬佩在于：他顺应历史的潮流，敏锐地感觉到台湾社会弥漫着尊重郑成功的文化氛围，从而及时推出尊重郑成功的相应政策，为郑成功建祠则是这一政策的具体措施。

事实上，沈葆桢的这一政策也将自己和郑成功联系在一起。郑成功的伟业是开拓台湾，而沈葆桢在历史上的地位是

台南郑成功祠后院沈葆桢像前的香炉

保卫台湾。他率领的福建水师以其雄厚的实力压倒日本舰队，迫使日本侵略者退出台湾。此后，他又在台湾设置炮台等防务设施，提出福建巡抚巡台的政策，大大提高了台湾宝岛在清朝的地位。为了支援台湾，他还给台湾运去大量的物质。从福州马尾出发的船只经过一天左右的航行来到台南的五条港，将各种商品和军火运到台湾，可以说，当时是福州与台南联系最为密切的时期，福州商民正是在这一时期大量移居台南市，使台南市中心的福州商人集团大大扩张。其后，在沈葆桢等人的筹划下，台湾府移至台北市，与其省会福州更为接近，福州商民也就顺势移民台北，成为台北最重要的商业势力之一。

（福州晚报2009年5月23日）

淡水河畔的“红毛城”

台湾淡水镇的“红毛城”是台湾的一级古迹，它最早由西班牙人建立，其目的是发展对福州的贸易。对我们这些研究闽台历史的人来说，红毛城是一定要看的历史遗迹，但几次去台北，都与红毛城失之交臂，心中留有一丝遗憾。2009年的3月4日，是我们这个“福建炎黄文化研究会访问团”访台的最后一天，按照计划，早上有半天可以自由活动，我计算附近轻轨列车到淡水的距离，决心去一趟红毛城，并在11时10分以前赶回来，不要误了访问团的搭机时间。

讲到淡水镇的历史，就要说到它的命名。淡水是台北最大的一条河流，它发源于台湾北部的高山，高山上无数的溪流涌向台北平原，汇成一条大河，向台湾海峡冲去。由于台北降水丰富，淡水河的出海口十分辽阔，与海洋连成一体，看不清二者的区别。古代渔人到台湾北部沿海打鱼，发现海里的咸水到了这里变成淡水，所以称之为“淡水”。淡水之名的来历十分悠久，我在明朝嘉靖年间的一幅地图上看到过淡水之名。当时的台湾被分为三个部分：鸡笼、淡水、北港。鸡笼即为今日的基隆市，它是台湾最好的港口之一；北港是今天的台南市，一度是台湾府城所在地；淡水与这两个名城并称，由此可知它在历史上的地位。对于台湾的开发，中国学者与欧洲学者之间一向有个争议，欧洲学者认为是葡萄牙人“最早”发现了台湾，而后西班牙人在淡水和鸡笼建立据点，荷兰人在台南创建热兰遮城，由此开始了台湾的“开发”。其实，从嘉靖年间的明朝地图上已经有鸡笼、淡水、北港之名来看，福建人到台湾要比欧洲人早得多，荷兰人及西班牙人在台湾建立据点，是在明末的天启年间，其时福建人给淡水取名已经有近百年的历史了。淡水的开发，与福建人有关。早在明代初年，闽籍使者奉朝廷之命到琉球群岛去招揽当地酋长向明朝进贡，明朝与琉球的关系就此建立。而后明朝近300年的时间内，琉球每年都要向明朝进贡一两次。它的使者由琉球的那霸出发，在福州进港，而后由驿道走向南京与北京。明朝的使者多由福建人担任，也常由福州出使琉球，而福建沿海的商人也常到琉球去经商，他们往来的水道就在台湾岛之北，其中一些人应会到台湾补充淡水，淡水之名应是他们起的。古人在海上航行，最缺的就是淡水，什么地方有淡水，都会标识在海图上。福州至琉球的水道附近就有这么一处淡水取之不尽的地方，肯定会引起大家的注意，而后会有福州渔民到这里捕鱼，有人上陆与当地民众做生意，这就形成了淡水陆地上闽人的生活据点。可见，是福州人最早发现了台湾的淡水！不过，正是淡水地理位置的重要性，才使它屡遭外国势力的入侵。要研究台湾的历史，淡水是一个不可不去的地方。

带上照相机和笔记本，我于8时10分跨出大门，10分钟后搭上赴淡水镇的轻轨列车。这条轻轨线不负“捷运”之名，仅半个小时就将我带到了淡水镇。一出车站，我就乘上“的士”直奔红毛城。抵达城下时，刚到九点钟。当我正为自己的快捷得意时，看门人告诉我，红毛城要到九点半才开放！我想，参观红毛城至少要30-40分钟，从此地荒僻的程度来看，出馆后不见得会有“的士”，到时能否搭到车是一个问题。但事已至此，只好等待。为了消磨时间，我向周边的山地走去，山腰有一座天主堂，山顶是一所教会大学。我想到，这座天主堂应是当年西班牙人建造的，而后成为欧洲传教士的一个据点。再后发展起一座教会学校，最终成为一所宗教大学。讲到西班牙人与淡水的关系，要说到明末的形势。当时东亚之间最热火的贸易线路是福建与日本之间的水道。福建商人远航日本，用中国生产的丝绸、瓷器等各种商品交换日本的白银，欧洲人见了眼红，就想在其中插一脚，做中日之间的转口贸易。其中葡萄牙人经营澳门是一个成功的例子。而后西班牙人以菲律宾的马尼拉为据点，也在中日贸易中插足，但他们觉得马尼拉距日本太远，就想找一个更近的贸易点，于是看中了台湾。正当

淡水河畔的“红毛城”

西班牙积极谋划时，荷兰人抢先一步，于1623年登陆澎湖列岛，而后在福建水师压力下转到台湾的北港建立据点。西班牙人为了抗衡荷兰，于此后不久登陆台湾北部，在鸡笼和淡水建城据守。当时的明朝面临后金政权的强大压力，无暇东顾，宝岛台湾竟被欧洲殖民国家暂时瓜分！

离开山坡，我又信步向海边走去。这里是一个古老码头的遗址，全部以条石砌成，地方不大，可停一两艘大帆船，现在仅剩一些钓客在岸边钓鱼。码头外是宽阔的淡水河口，淡淡的南风吹来，带来一股海边特有的海腥味，我知道，这里离海很近了。其实，向西望去，正是无边无际的海洋，从这里向西航行，只要十来个小时就可到福州，难怪它在历史上成为台湾重要的港口。当年西班牙人占据此地后，一度着力吸引福州人前来贸易，这些商人在红毛城周边居住，有时还从这里到日本去贸易。可见，福州历史上还有许多我们不知道的盲点有待深入研究。看完周边地形后，好不容易等到红毛城开馆，沿着山道登上一个小山坡，就看到红砖砌成的红毛楼了。这座城不大，在历史上几度易手。西班牙人在台北仅二十多年，红毛城就被荷兰人夺走。明朝人称西班牙为“佛朗机”，称荷兰人为“红毛”，现有的红毛城实为荷兰所建。但荷兰也未能久据该地，不久就被与郑成功配合的台湾土著队伍收复。五口通商之

红毛城下淡水河畔的码头

后，英国人渐渐侵入台湾，最终得以在红毛楼建立领事馆。红毛楼边上就有英国领事馆遗址，而后又有日本殖民者的占领。台湾真是一个多灾多难的地方，只有祖国的强大，才有它的安全。

匆匆用照相机记录了红毛城里的景色，已是10点10分，计算归程时间十分紧张，只好往展馆外走。这一趟旅行，算是真正的“走马观花”！但走到路边，出租车无影无踪，还

好在路边发现一个公共汽车站台，等了不一会儿，即有巴士到达。淡水的旅游巴士周转于各个风景点与车站之间，如果有时间，还可看几个景点，如今只好直奔捷运站了。8分钟之后车抵捷运站，再过5分钟，捷运列车启动，半个小时之后，我在剑潭站下车，然后以10分钟走到剑潭青年活动中心，正赶上大队集合，马上就要到飞机场去了！这次“飞行游览”顺利结束，其他同志都在附近的士林商区走走，我却游玩了几十公里外的红毛城！有一点得意之际，也暗暗警告自己：以后不可这样安排行程，差一点就赶不上大队！如果没有在红毛城之外等半个小时的意外之举，这趟行程本不会太紧张，但旅游总会有许多意外发生，所以要留较多的空当啊。

在淡水到台北的路上，突然想到台北的发展与淡水有关，也与福州有关。台北是清代中叶发展起来的城市，早先台湾的政治经济中心是台南市，它也是台湾府的驻地。台南市的成长与厦门有关，当年从福建到台湾，都要从厦门搭船到台南之外的港口，所以，最早到台湾的闽人，大都在台南居住。随着台湾的开发，移民逐渐进入台北盆地。这里地形开阔，淡水镇的口岸直通福州，于是，人们将台北周边山地生产的茶叶运到福州出售，获得巨额利润，台北经济因而大发展，成为台湾最大的城市。在这一背景下，台湾的首府最终迁到台北，为的是便于和福州联系，并得到福州的支援！今天的台北当然比福州更为繁荣，但在其发展之初也受惠于福州，这是让人想不到的事啊！当然，这已经是淹没在历史迷尘里的往事了。(福州晚报2009年4月18日)

胡适墓前

名满天下的胡适先生逝于台北，在台北“中央研究院”内的一座小山包上，有他简朴的墓。2006年我到台北开会，在“中央研究院”住了几天，到达“中研院”的第二天早晨，我一大早就出外散步，很快找到了胡适墓所在的小山，静静地在胡适墓前给他鞠躬，他是一个让大家尊敬的人。

“中研院”是一个聚集台湾文化精英的科研单位，当年胡适的朋友傅斯年匆匆来到台北，选择了远离城市喧嚣的南港建设台湾最重要的文化机构。那时台北的城市还很小，“中研院”的同仁要开车一个多小时，才能从拥挤的台北城市来到空气清新的南港。就在这样一个偏僻的地方，到达台湾的教授们静下心来做学问，几十年后，积累了许多让世人惊叹的成果。几十年的岁月，也让壮年的学者渐生白发，而后一个又一个地谢世，他们中的一些人，就葬在“中研院”周边的山上，有些人的墓，就伴着胡适，拱卫着他们生前仰慕的大师。其实，他们自身也多是大师级的专家。清晨的小山，一片静谧，可以听见树叶落地的声音。我突然想到，胡适的生前，一定常和他的朋友在这座小山散步，也许，他们在生前就约定——死后就葬在这里吧，即使在另一个世界，在一起泡茶聊天也方便多了。

也许我起得太早，也许是台北人都是晚睡晚起，我在小山上转了一圈，还是没有一个人。树林间的淡雾正在晨光中融逝，我突然感到一些孤独，同时想到：像胡适这样朋友满天下的人，“桌上客常满，壶中酒不空”，大概从来不会感到孤独吧？不过，胡适晚年得罪蒋介石，双方关系紧张。纵然蒋介石不会对胡适怎么样，但是，蒋介石的部下只怕不会给胡适好脸色，让他碰些钉子是难免的，至少，请他去演讲的单位少了。世态炎凉，胡适也会有在“中研院”孤独地散步的日子。但是，对胡适而言，能够静静地在院区中散步，和少数朋友交谈，谁说不是一种幸福呢？

胡适和蒋介石其实是老朋友，当年抗战之时，胡适力邀北京的著名学者南下，跟随国民政府西迁抗战，这是巩固民心的重大举措。为了获得欧美国家的支持，蒋介石又请胡适出任驻美大使，胡适在美国获得五亿美元的无息贷款，大大改善了中国的财政。蒋介石到台湾之后，随着形势逐步稳定，他将在美国居无定所的胡适请到台湾，让他出任“中研院”院长，对胡适的重视足见一斑。然而，胡适是蒋介石的诤友，在蒋介石的面前，他从来不隐瞒自己的观点。1959年“中研院”院庆之时，应邀前来讲话的蒋介石大讲了一番中国传统的忠义之道，认为只有中国的传统文化才能扭转当前的危局。这让一生推崇西学的胡适听了很不爽，他当场面折蒋介石："总统，你错了！中国的前途在于学习西方先进文化。（大意）"胡适的当面顶撞，也让蒋介石十分尴尬。据说蒋介石回家后，在侍卫官面前连连痛斥胡适："胡说，胡说！"对胡适这样有国际影响的学者，蒋介石一时也无可奈何。然而，他用十分严厉的手段对付胡适身边的西化派，如李敖的老师雷海宗等人，郁郁而终。

胡适的一生，虽然敬重西学，但是，他的性格中常有一些中国传统知识分子的可爱一面。例如，忠诚、耿介，以犯颜直谏为最高美德。在他这一行动里，我们可以看到海瑞骂皇帝的直率，也可以看到祢衡在魏武帝面前脱衣击鼓的轻狂。胡适在学问上也是如此，他让人最佩服的不是他的学术著作，而是"知之为知之，不知为不知"的勇气。胡适引进西方学术体系，写下了中国第一部《中国哲学史纲》，然而，此书只有上册，没有下册。有人问起：为何不续写下册？他说：唐以后的哲学史，禅宗占了很大比例，而他自己不懂禅宗。不懂就不写，这是最直接的反应，也是作者最基本的道德。但对于胡适这样名满天下的顶级学者，敢说自己也有"不懂"的东西，这是需要极大勇气的。他在北大教学的时候，常会遇到一些来自江南经学世家的子弟，这些人由于家教的影响，自小就能背诵大部经书，而且，继承父兄学问的他们，对经书会有一些独到的解释，常会在课堂上驳倒老师。胡适的反应不是将这些调皮的学生赶出校门，而是将其请到讲台上讲课。有些人就此成为北大老师，例如梁漱溟等人。这等胸襟，也是让人佩服的。胡适的耿介，有时也会变成固执。胡适进入北大后，提倡以白话文取代文言文。为了坚持他主张，尽管胡适的文言文写得不错，但胡适在其下半生，坚持不用文言文，这在很大程度上影响了他的写作。比方说，中国传统人物传记，只要写“某某传”就行了。但胡适提倡白话文之后，就不能直书“某某传”，而是要写成：“某某人的传记”。当时坚持文言文的林纾等人，常以此取笑白话文。胡适无以回答，便不再为人写传记——本来，为他人写墓志铭等传记，是中国传统文人最大的收入。自胡适之后，没有人愿意要白话文的墓志铭，而文言文的墓志铭，又无法反映时代的新变化。于是，我们这类落伍的历史学家，虽然对这块收入念兹在兹，却无力扭转历史车轮了。

话说回来，对胡蒋关于中国传统文化之争，我却有自己的看法。胡蒋之争，在台湾学术界是常常被提及的大事，人们常将其看成胡适反抗蒋介石文化专制的一个象征。其实，分析胡蒋之争，应当有两个层次，在政治上，蒋介石喜欢搞一言堂，胡适面折蒋介石，让台湾学者出了一口气，伟哉斯言。但从文化比较上来说，胡适为提倡西方文化而反对传统文化，是否妥当？我认为，胡适从一开始就错了！

近代中国的落后，是让所有中国人都感到痛苦的一件事。列强的欺凌，促使中国的学者掀起了轰轰烈烈的自强运动。这在被欧美殖民的东方是一个普遍的趋势。但是，各民族应对措施各不相同。印度人长期沉迷于传统文化，学者对国家的兴衰不太关心，更重视个人在世的修行。于是，印度最终沦为英国殖民地数百年，印度的财富造就了大英帝国的繁荣，自己的人民却大批饿死。不过，印度的传统文化一直得到学人的继承，至今仍被视为人类的思想库；日本学者的对策是大力吸收西方文化，但对日本传统文化，仍然持保护态度。因此，近代日本的传统文化和西方文化都达到了很高的水平；中国的变化不同于印度和日本，当中国人感到传统文化无法快速自强时，他们之中的学者便提倡抛弃传统，全面接受西方文化。在这方面，影响最大的是胡适，他认为现代化就是西化，只有全面西化，才能成功引进科学与民主。和胡适持同样主张的鲁迅，甚至主张不读中国书。这都反映了当时学人急切西化的心理。在胡适、鲁迅等人的影响下，中国学界形成了盲目崇拜西方而将中国传统文化视为“封建”的不良风气。而且，这种风气一直延续近百年，大家都以说洋文为荣，了解古代经典的学者越

芒花

来越少。在中国的学界，盛行千年的经学一度濒于灭亡。乃至日本人说，也许再过几十年，中国人学经学就要到日本去了。

然而，中国学界付出重大的代价，在西学方面却不如日本人和印度人。如今的世界上，大家都知道日本、印度的学术界成果质量高于中国。而且这种超越，不止是在理科方面，中国的文科也不如日本和印度。在哲学上，印度的传统哲学得到世界的尊重，在历史学上，中国史的基本构架，主要吸收了日本学者的成果；在文学上，得诺贝尔奖金的日本、印度学者明显多于中国。英国前首相撒切尔夫人在香港谈判失利后讥笑中国人：一百年之内，中国不会出思想家。这在很大程度上反映了中国学界的现实。中国人输在哪里？我认为输在失去传统。

研究中国学术史的国内外学者们发现，自胡适、鲁迅一般人逝世后，至今罕有中国人达到他们的水平。胡适及鲁迅与后人的不同在哪里？研究胡适、鲁迅等人的创造，可以发现，虽然他们着力提倡西学，其实，他们的文化地位并非取决于他们的西学程度，而是取决于他们对传统文化的掌握。鲁迅是章太炎先生的入室弟子，在文字学方面的造诣极深。使他成名的小说和散文，无不反映他炼字的精准。胡适研究中国哲学，考证《红楼梦》，都基于其人对乾嘉考据学的掌握。可惜的是，仰慕胡适与鲁迅的人，大都听从他们的意见，以学习西方为主，对中国传统文化用功不深。失去中国传统文化的支撑，而其所谓西学与西方人相比，可谓半桶水，自古没有半桶水的思想家，所以，在胡适及鲁迅之后，中国的学人一代不如一代了。今天的中国学界，若是要创新，一定要继承传统文化，将西学与传统文化结合，才能有自己的特点，有了自身的特点，才会有创造。在文化的复古潮流中振兴中国文化，这是被欧洲历史证明的道路。

对于胡适，有时我想说一声：你错了！但又觉得我在苛求古人。毕竟，在胡适、鲁迅的那一时代，拯救中国是最重要的任务。而拯救中国，最需要的就是科学与民主。要在传统文化统治一切的背景下寻找科学与民主之路，难怪他们要反对传统文化了。其实，从多元文化的角度而论，中国传统文化与科学、民主，并不构成非此即彼的一元结构，它们是可以并存的。不过，在那一时代，中国人面临救亡图存的急切任务，中国的先进知识分子只能以在思想界纵火的方式来震醒知识界，矫枉必须过正，不过正不足以矫枉么！如果胡适与鲁迅生存于今天，看到中国文化传统令人痛心地流失，也许他们会是提倡传统文化最坚决的人。

小山上的雾气逐渐散去，路上出现了早起的老者在锻炼，我收起飞散的思绪走回寄宿处。新一天的生活就要开始了。

士林官邸

蒋介石常住的士林官邸现在已成为旅游区了，不过，若要将它与大陆的风景区相比，那是肯定比不上的。它没有故宫的精美，也没有庐山的秀丽，其实只是一个宽阔的花园，几何形的绿化区，绿树中掩映着几栋红色的房子，还有网球场和运动场所。光看园景，士林官邸大约相当于大陆一个中专学校。只是园中住的人少一些，应是蒋介石一家人和卫士秘书。

2009年我到士林官邸的时候，蒋介石与宋美龄所住的房子尚在重新装修。蒋介石在台湾是个有争议的人物，本来，以他的地位，将士林官邸重修，供作旅游，是一个很好的主意。然而，蒋家人退出士林官邸时，正是陈水扁执政时期。民进党人不喜欢蒋介石，蒋介石在各地的铜像，被砸毁的不少，当然不会拨款为其修缮具有纪念意义的地方——那等于是为蒋介石树碑立传嘛，哪怕只是为了发展旅游也不行！面对台湾部分人的排斥，蒋家后人将蒋介石的日记委托美国的斯坦福大学出版，又一度考虑将蒋介石的灵柩送回浙

士林官邸的小礼堂

江老家。浙江方面倒是很欢迎，只是立碑问题难以协调，一直拖了下来。迨至马英九上台，蒋氏身上的压力减轻，台北市以发展旅游的名义重修士林官邸，二蒋迁墓一事，也没有人提起了。

当今大陆与台湾对蒋介石的评价刚好是“冰火两重天”。每个历史人物都有其两面性，大陆在文革及文革前，对蒋介石批判的程度，恰如文革中流行的一句话：“打翻在地，再踏上一只脚，让他永世不得翻身！”但是，度过文革之后，大陆学界对蒋介石的批判不再那么情绪化，对其历史贡献也能恰如其分地给予肯定，毕竟，他一生坚持一个中国，所有的努力，有对有错，都是为了中国强大。但到了台湾，学界对他均持批判态度，普通的台湾人，也对他下令镇压“二·二八”起义不谅解。只有他的老部下，仍然是一口一个“蒋公”，提到蒋公，常有热泪盈眶的。然而，在他们后代的眼里，这些老人只是落后于时代、冥顽不化的那一批人。

“二·二八”事件是台湾历史上的一个症结。1995年日本割占台湾之后，对台湾进行了五十年殖民统治。在这一时代，台湾人被禁止在正式场合讲方言，台湾的许多民间信仰也被日本人改作日本式的神社，台湾人的土地被日本人占据，在日据晚期，随着日本人在二战中的失利，台湾人的生活也降低很多。所以，二战结束，台湾回归中国，台湾民众是很高兴的。他们走上街头欢迎登陆的“国军”。然而，这一时期的国军刚从二战艰苦环境中走出，衣衫褴褛，尘头垢面，身上背着一支破枪，给民众的第一印象不佳。随后，台湾民众还发现：这支国军有许多坏毛病：乱拿民众的东西，打人。最重要的是，国民党在抗战胜利后，没有注意发展经济，百业凋敝，通货膨胀很厉害，虽然和平重现，但民众过的日子甚至不如战争时期。内战重新爆发后，物价失控，法币上涨数千倍，台湾民众不满是很自然的。1947年2月28日，一个国军士兵与小贩在街头发生争执，士兵打了小贩一个耳光，台湾民众的愤怒终于爆发，他们从游行示威发展到武装暴动，拿起枪来围攻国军的政府机关。一些早年的台籍日本兵组织起来，在街头滥杀外省人。蒋介石听说台湾情况失控，最终下决心派出部队镇压。从策略上看，这一命令下得及时。因为，在日本人占据台湾的时代，台湾人被征发当兵的也有数十万人，如果他们组织起来，将是一支可怕的力量。蒋介石的二十一师登陆时，台湾各地，只有数千不成熟的散兵游勇拿枪抵抗，很快被二十一师镇压下去。其后，蒋介石对台湾采取高压政策。例如，强行推广国语，在学校中禁止讲闽南话。陈诚主政后，又在台湾推行“耕者有其田”的政策。以日本时期贬值的股票强行购得台湾地主的土地，然后将其分配给台湾民众，基本做到了每个农民都有一份土地。“耕者有其田”是孙中山提出的口号，但国民党在大陆时，许多成员都是大地主，他们可不愿将自己的土地交给“泥腿子”，因而孙中山的土地纲领在大陆无法实现。国民党到台湾之后，总结教训，感到未能实行“耕者有其田”，是国民党在大陆失败的主要原因。因而痛下决心，在台湾大力推行土地改革，给农民土地。这回是革别人的命，不像革自己的命那么痛，所以，这一政策很快得到落实执行，国民党在台湾的统治因而得以巩固。但是，这一策略也大大得罪了台湾本土的上层人物。他们先是在压力下被迫交出土地，几乎落到破产的边缘。不过，几年后台湾经济大有改善，那些不值钱的股票，渐成为最值钱的有价证券，台湾本土上层人物完成了从地主到资本家的转换。这些人有了钱之后，仍然是当地的头面人物，掌握了台湾民众的话语权。然而，他们对国民党的恨仍然未能消除，一有风吹草动，就会鼓动反国民党运动。蒋介石的专制，恰是他们反对国民党的箭靶，而“二·二八”事件，更成为他们批判国民党的最好话柄。近二十年来的台湾，每到“二·二八”纪念日，都会掀起一股批判国民党蒋介石的浪潮，而且，“二·二八”事件也被非理性地夸张。据说，国军二十一师上岸后就以机枪扫射拒绝他们上岸的台湾居民，当场是一片血海，惨不忍睹，死去的人数成百上千！随着这类文章越写越多，“二·二八”惨景也被夸大。最近的数字是两万台湾人在“二·二八”事件中被杀！这些报刊的渲染，几乎将

士林官邸的凉亭

蒋介石当成人民公敌，他被普通台湾民众批判，这是一个主因。普通的国民党成员在这几天也感到日子特别不好过，尽管蒋介石早已仙逝，民众仍然认为这是国民党的错。而国民党人也只好自嘲：“二·二八”是国民党的“原罪”！

我在台湾的时候，一个老国民党人告诉我“二·二八”事件真像。据其所说，在李登辉时期，台湾政府出台了一个政策，由政府赔偿“二·二八”事件中死亡的台湾人。每个家庭只要提出并证明他们家中有人死于“二·二八”事件，就可得到六百万台币的赔偿。六百万不是一个小数字，加上时代相距不远，所以，台湾被害人的家庭很快就提出了正式索偿。当时台湾知识分子为“二·二八”事件感到不平，都努力帮助被害人家庭证明其先人死亡情况。所以，台湾死于“二·二八”事件的多数人家庭，都得到了赔偿。这件事从李登辉在位时开始，一直到本世纪头几年，这项工作已经进行了十来年，那么，被证明死于“二·二八”事件的台湾人有多少？至今为止只有八百多人！

在台湾那么小的一个岛上，经知识分子十几年的全力发掘，可知被杀的多数台湾人都被找了出来，遗漏极少。这一次调查证明：真正死于“二·二八”事件的台湾人只有八百多人，而不是报刊抄热的二万多人！

那么两万人的数字从何而来？其实，若是仔细看台湾知识界为“二·二八”翻案的一些文章，就可知道这一数字是不断加上去的。早期的文章是写千余人，后来的文章一个比一个激奋，死于“二·二八”的台湾人，也从千余人加到数千人，再到万余人，最后定位二万人。其实，两万人是文学夸张。

两万人与八百人，有本质的区别。

要知道，台湾人在当时确实组织了武装与国军对抗，谢雪红等人也自称这是反国民党的武装起义。双方着实打过几仗，死于战争中的台湾人不少。好了，扣除这些死于正式战斗中的台湾人，（假定是四百人），那么，被国军零散射杀的台湾人，实际上仅有四百来人！

此外要注意的是，“二·二八”事件的后期，事件已经失控。当时台湾日籍退伍兵在街头查杀外省人，每一个人路过他们把守的地方，都要被迫进行身份检查。这些日籍退伍兵杀人杀红了眼。听不懂闽南话的要杀，会闽南话的，还要考会不会日语，如果听不懂日语，还是会被当做外省人杀掉，不论男女、不论老少。你看当时的台湾是怎样一个血腥世界？在这一背景下，任何负责任的国家元首都会派兵镇压，除非他是冷血动物。就算冷血动物也会保护自己的子女。所以，身在其位，蒋介石只能下令镇压，他没有其他的选择。

有人说，当时大怒的蒋介石还说过“格杀勿论”这句话，这让台湾人耿耿于怀。蒋介石是否说过这句话，已经无法考察。但二十一师在台湾并非真的格杀勿论。从台湾人只死八百多人来看，国军还是有节制的。否则会死数万至数十万人。

台湾本土的大批知识分子都卷入这场争斗。是他们在报刊上用日语发文章鼓动起义（注意是鼓动起义不是鼓动屠杀），反对国民党。但在事件发生后，他们也无法制约日军退伍兵滥杀外省人。国民党到台湾后，黑白不分，将许多写文章的知识分子从家里抓出来送监狱，后来枪毙。有些台湾文化精英死于这场镇压，他们的子孙感到冤得很，我们可以理解。但要说国民党镇压“二·二八”叛乱都是错的，我觉得过分。

我觉得在“二·二八”事件中，最为可怜的是那些被杀的外省人。他们不过是普通百姓，因为不会讲闽南话，不会听日语，就被台籍退伍兵惨杀。据李敖等人的调查，“二·二八”事件中全岛被杀的外省人，也有八百多人。而且，他们的死，至今未得社会的关心。就拿“二·二八”事件赔偿一事来说，一些外省人后裔听说政府会给“二·二八”死难者赔偿，他们也向政府申请。可是，台湾官府冷冷地回答：政府只赔偿那些死于国军之手的台湾人，至于外省人，他们的死与政府无关，所以，政府也不赔偿。这一回答从法律来看无懈可击，但我听了，一股冷气从脚底直上头顶，心凉透、全身凉透。

好在这几年的台湾，渐渐走出当年的悲情。“二·二八”事件的真相，逐渐被大伙了解。马英九多次向“二·二八”事件被害者鞠躬道歉，当年被国军士兵打耳光的小贩，也站出来说，早已原谅了对手。对于蒋介石，人们骂归骂，不再有那么刻骨的仇恨。陈菊当上高雄市长后，下令拆除蒋介石在高雄的铜像，不久，陈菊中风，一只手有几个月不能动弹。民间悄悄地传说，这是蒋公发怒了。这一传说，其实是台湾民众对政治家过分反蒋的不满。台北的士林官邸也是在这一背景下顺利地开放，供游人参观。台湾人渐渐接受：蒋介石是台湾历史上不可缺的一环，光怒骂是不行的，他们将会更公正地评价这一历史人物。

台北的“故宫博物院”

到台北旅游，“故宫博物院”是不可不去的地方，因为，那是来自北京明清两代皇家的珍藏。事实上，由于明清两代皇帝都喜欢搜集前代艺术品，唐宋元各朝皇室的珍品，也有保留在故宫的。民国时期，学者中间传播一个故事：清朝与消灭北宋的金朝的开创者都是东北的女真人，金朝攻进汴京时，将宋朝皇宫中的珍品掳掠一空，后来，其中的一些珍品都被清朝继承了。其实，开创清朝的努尔哈赤虽是东北建州女真的一个贵族，但其人起兵时只有七副铁甲，几乎是白手打天下，所以，那时的清皇室不可能继承金朝的大量艺术品。故宫所藏精品，应是明清两代皇家的收藏。这里既有明清两代官府为皇室生产的各种日用品，也有前代保存下来的珍宝。由于明清皇室从来不出售自己的藏品，故宫的珍宝只进不出，明清两代30来位皇帝积攒下大量珍品，由此可知其价值是无法用金钱来衡量的。近两年清宫流失的珍品，每件都售出数百万至数千万元的高价，但它与故宫所藏珍宝相比，不啻沧海一粟。

海峡两岸都有故宫，那么，是哪座故宫的珍品多呢？应当说历代皇室所藏珍品，大都被蒋介石带到台北了。中国近代史，是中国人的苦难史。“九一八”事变之后，当日本人的侵略矛头指向北京，国民政府便悄悄开始了文物西迁工作。在一大批学者的努力下，这些珍宝被打包运到内地的四川、云南及甘肃诸省。抗战胜利后，这些文物又从中国西部内地迁到南京，因交通不便，一时未及运返北京。后来，蒋介石见战局不利，便将这批未拆封的文物转运至台湾。渡海战役后，国军的运输机多次往返于南京与台北之间，运去了数千箱精品文物。不过，由于运输官怕文物在半途失去，每件文物登机之前，都要开包检查，到达后，又要当面清点，郑重其事地将其交给故宫的接收人员，所以，运输速度受到影响。一直到南京解放，尚有上千箱文物未及运出。这些文物，后来都是北京故宫的人员接收了。此外，数十年来，新中国的考古发现了大量的文物，其中的精品不断补充北京故宫的收藏，故宫人员也在民间收集了大量文物，所以，从总体上而言，北京故宫的文物不亚于台北“故宫”。台北“故宫”的特色在于：中国文人极为重视的前代绘画、书法、瓷器等珍品，都被带到了台湾，珍藏于“故宫博物院”。以近年炒得很热的“富春山居图”来说，这部宏

台北“故宫博物院”藏国宝级青铜器

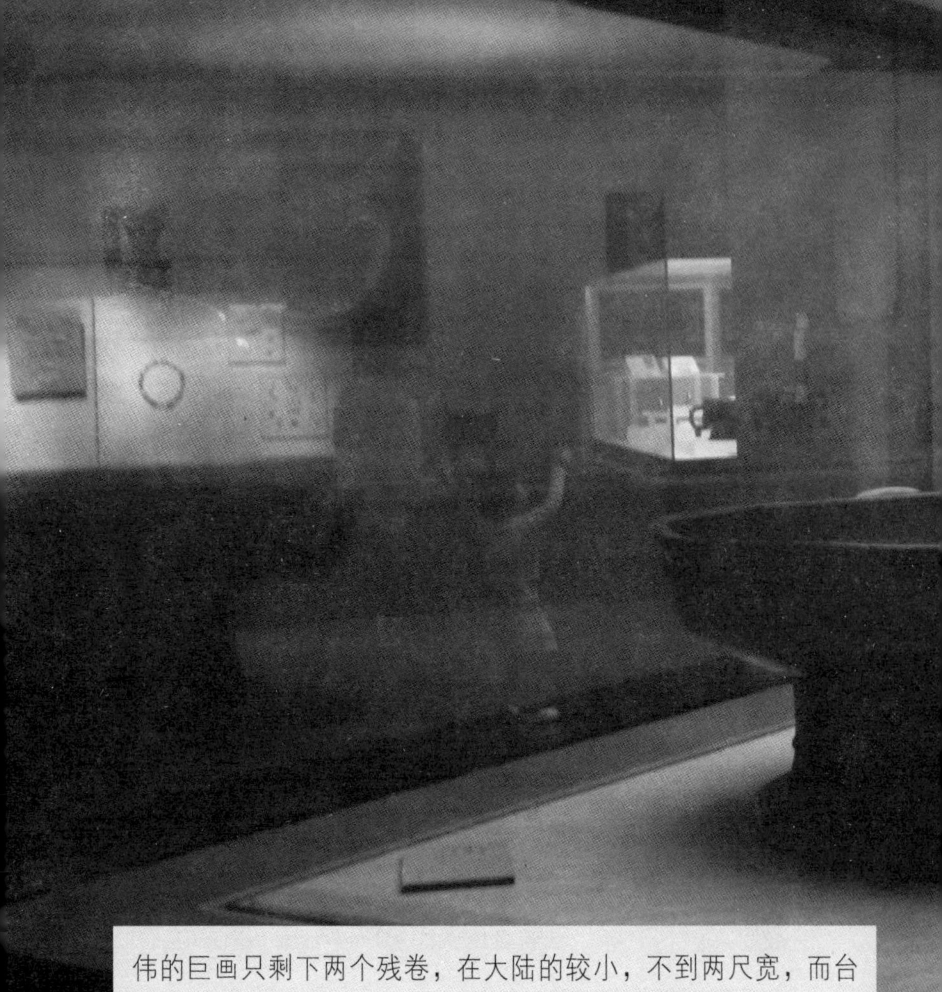

伟的巨画只剩下两个残卷，在大陆的较小，不到两尺宽，而台北“故宫博物院”所藏的约有六尺多长，因而，看到台北“故宫博物院”所藏真卷，才能感受这幅巨画的宏伟气魄。同类的艺术品，台北“故宫”还有不少，例如三希堂中的两幅字，唐伯虎等人的绘画，都是绝代珍品。我在故宫，如果可以自由行动，我都往艺术品展馆跑，看着元明两代的绘画，唐宋时期的书法与瓷器，感到这是人生最大的享受。

“故宫博物院”所藏珍品数十万件，尽管台北“故宫博物

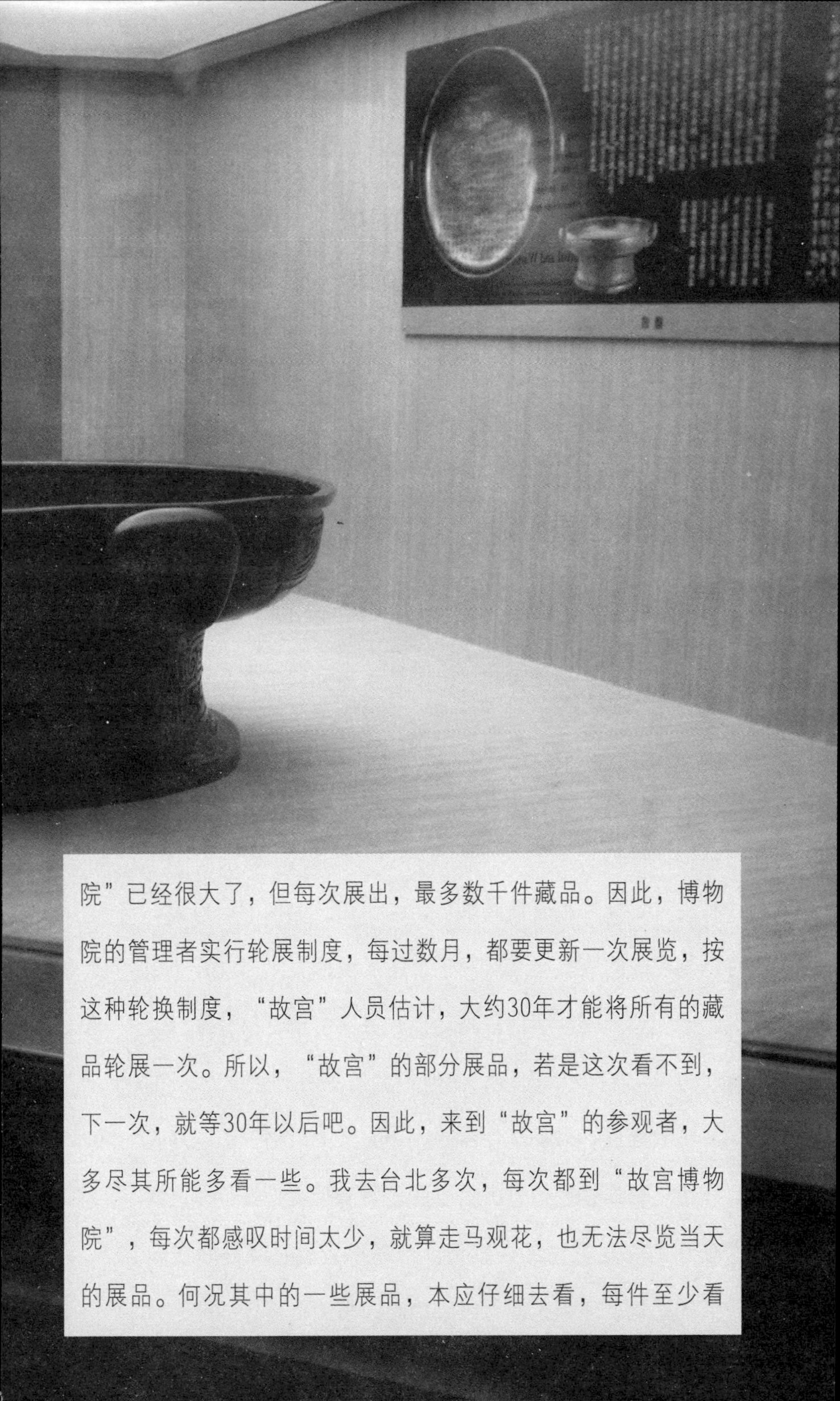

院”已经很大了，但每次展出，最多数千件藏品。因此，博物院的管理者实行轮展制度，每过数月，都要更新一次展览，按这种轮换制度，“故宫”人员估计，大约30年才能将所有的藏品轮展一次。所以，“故宫”的部分展品，若是这次看不到，下一次，就等30年以后吧。因此，来到“故宫”的参观者，大多尽其所能多看一些。我去台北多次，每次都到“故宫博物院”，每次都感叹时间太少，就算走马观花，也无法尽览当天的展品。何况其中的一些展品，本应仔细去看，每件至少看一个小时，才能感受其中细节。有一些大陆来的艺术家，一进“故宫博物院”，就无法出来，从开馆到闭馆，珍惜每一分、每一刻。那种感觉，就像观众见到了自己的偶像，忍不住在心里为他欢呼。大师在其名作中展示的笔法及创意，更值得细细揣摩，若能学得一手，也许终身受用不尽啊。对我们这些历史学家来说，那些晚清与民国著名的商周青铜器，都藏在“故宫博物院”，早在史书上读到这些改变中国历史记载的名器，今日终得一睹风采，心中的满足感，不可言喻。我觉得，对古人的研究，最缺乏的是时代感，无法了解古人的思想，历史研究便难以深入。不过，每次看到当时的艺术品和建筑真品，我都会觉得离古人近一些了，对他们的情感爱好，也有了真实的体会。有了灵感，我传达给读者的古代社会与古人，或许能多一分更真实的面貌。

我参观过台北“故宫博物院”，也参加过他们的研讨会。“故宫博物院”的人员守着这座东方艺术宝库，早已展开了相关研究。他们与海外学者的联系较广，每次会议，都有来自世界各地的学者。广泛的交流，使他们始终处在研究艺术品的前沿。其细致程度，对每一件器物，它的艺术风格，都能溯其源流。在历史方面，他们也出版了许多明清档案，其中有些案卷，即使在北京故宫也无法找到。台湾学者的特点是将史料作为研究的基础，他们大都能细致地阅读相关档案，从数千件档案中寻找其他人未曾发现的史料。这种清代乾嘉学派流传下来的实在风格，是他们成功的重要因素。他们这些人，一生研究“故宫”宝藏，对这些文物的熟悉程度，以及对这些文物艺术价值的认识，都远超他人。而他们对故宫文物的感情，也到了血肉相连的地步。大陆学者中，有提到台北“故宫”文物应当返回北京故宫的，这些学者反对甚力。我想，他们的生活与事业都与“故宫”文物联系在一起了，要他们离开这些文物，就如割舍自己的孩子，那是无论如何不会同意的。我觉得，如果有一天台北“故宫”能回归北京，其实应将他们也请到北京，给予相当或更好的待遇。因为，这些人也是台北“故宫”最大的财富。

亲历红衫潮

近来台湾风云变幻，红衫军再起成为人民的一个话题，这不禁使我想起2006年10月的台湾之行，那次赴台使我亲身感受了台湾的红色浪潮。

我是10月1日赴台的，记得临行前忽然为穿什么衣服发愁——这是因为，台湾正处于群众性政治斗争时期，各政党都用颜色来反映个人的政治立场，国民党是蓝色，亲民党是橘色，民进党是绿色，施明德的红衫军则是选用了大红色，我等外来客，当然要避开这些颜色，以免被台湾人当做某派人物，遭到无妄之灾。好在我是一位男性，平时就少红、橘、绿这类颜色的衣服，只要将蓝色的衬衫剔除就行了。一边整装，一边杞人忧天地为女士着想：她们去台湾该穿什么衣服？

其实，此时的台湾人比我们更为烦恼。和台湾教授接触，每一个人都回避政治问题，更忌讳人们问他属于什么派别？很现实的问题是：如果你表态了属于什么颜色，利益未必得到，却肯定得罪了其他派别的人，以后办什么事不顺利，你只好去猜是什么派别在当中设置了障碍。对台湾的公职人员来说，目前最大的忌讳还是红衫军，红衫军被执政的绿色官员视为洪水猛兽，他们公开声称：若是哪个军公教人员（台湾的军人、公务员、教员都是从官方拿工资，统称军公教）参加了红衫军活动，一定开除其职务。事实上，确实有人参加红衫军活动而被他人拍照揭发，因而丢掉公职。所以，台湾的军公教人员每个人都小心翼翼，生怕一步走错，丢了饭碗。毕竟他们不是陈水扁，享有不下台的特权。

到了台北，躲在偏僻的南港“中央研究院”开会，空余时间到胡适公园走走，倒也潇洒自如。10月3日晚，我有事路过台北车站，却在那里不期而遇红衫军。台北火车站是台北市的交通中心，地铁、公共汽车、铁路都在这里设有站头，从公共汽车站下来，穿过路边的通道，台北车站大楼赫然在前，车站周边是绿地和广场，由于台北的交通大都地下化了，所以，车站广场上路人不多。我走在广场上，忽然被旁边的喧嚣声所吸引，那是一种藏在心底很久、十分熟悉而又相当陌生的声音，像海潮、又像山野中风的呼唤。转头一看，天哪，那不是红衫军在活动吗？在台北车站的南侧，有一片用帐篷围出的空地，帐篷上空，有一个高架上的巨型屏幕，屏幕上，一位红衣服的男子正在引吭高歌，伴随他的，不仅是伴奏，还有群众的欢呼声。

走到帐篷群的内侧，发现数百穿红衣的示威群众坐在地上，跟着看台上的小伙子吟唱，那小伙应是一个歌手，歌唱得很好，还能与听众互动。例如，他让群众跟他喊“阿扁下台”，群众的声音不大，他会要求群众再来一遍，一直到声音够大为止。群众的音量提上来了，他会相应地放广播声音——有节奏的拍子。于是，群众喊过“阿扁下台”之后，会听到“啪、啪、啪”的回音。这样连喊几次后，全部人都笑了起来。过了一会儿，这位小伙又让大家起立，跟着他一边喊口号，一边手舞足蹈，这叫着“倒扁操”。广场上大部都是中年人，坐久了，肯定腰酸背痛，隔一段时间做“倒扁操”，刚好让大家放松。主持人也没忘了南下台南各城市的倒扁主力军，每隔一段时间，就向大家汇报南下倒扁大军的新情况。我听到的一段是：倒扁红军都很聪明，他们将红丝带系在路过的树上，将倒扁的意思传达给南部乡亲。有一些绿营的人看到红丝带十分恼火，竟点火烧红丝带，结果被警察带走。说到警察，红衫军十分重视争取警察的同情，主持人总说警察们十分辛苦，多次带领群众感谢在广场上维护秩序的“警察伯伯”——大陆和台湾对警察的称呼不同，大陆流行的叫法是“警察叔叔”，而台湾人流行的叫法是“警察伯伯”。然而，“警察伯伯”们面对热情的民众，却是一付铁面无情的冷面孔——因为，曾有一位警察在民众比出倒扁手势时忍俊不禁，笑出声来，结果第二天马上被解职。这是有关饭碗问题的大事，所以，警察伯伯面对倒扁群众的欢呼，不管他们心里怎样想，表面都不敢笑出来。

这时，我觉得场上的口号越来越响，回身一看，身后一片人头攒动，足足有两千多人，原来，这是晚饭前后的时节，我来的时候，大多数人去吃饭了，只剩数百人坚持，此时吃过饭的台北人纷纷赶回广场，所以，十几分钟内形成了宏大的红色浪潮。既然已经置身红潮中，我倒要细细看看这场运动中的众生相。我在广场周边绕行，看到了各式各样的反扁花样。一位妇女牵着一只大狗，狗的屁屁上贴着倒扁的图案。这只狗看到周边的人都在看自己，昂首挺胸，摇头摆尾，十分洋洋得意。还有一些人在广场边缘举着牌子，牌子上面写着各种口号。其中一位男子挺举牌子十几分钟，让人佩服他的臂力和毅力，牌子上面的口号是“陈水扁下台！”还有一位中年妇女一边跳舞一边举着牌子向民众展示，她每隔一分钟换一块手中的牌子，牌子上的口号十分生动，例如：“吴淑珍无罪，全民就无罪”；“陈水扁，现行犯，即时停职停权”；“全民就是君主，总统就是公仆”等等。

周边帐篷群的入口散布着许多小贩，他们出售各种倒扁纪念品，有倒扁手势的纪念章，有大红色的倒扁衫，有写着倒扁口号的头饰。问一下价格，一件很粗糙的倒扁衫要两百台币，相当人民币五十元。看来，对这些小贩来说，倒扁真是一个千载难逢的赚钱机会。广场周边有很多帐篷，帐篷内忙碌的人们提供各种服务。有的帐篷提供“便当”，即盒饭，参加倒扁的人都可无偿取用；有的帐篷提供倒扁的印刷品，其中有的是倒扁歌词，有的是倒扁计划；有一个帐篷里面很深远，看来一直接到地下广场某个角落，这里是专门放置倒扁群众行李的地方，大多数外地来的倒扁民众都要露宿街头，他们在广场长期坚持，是很不容易的。在巡览中，也看到一些刚下车的民众，他们赶到广场后，不是先行安置行李，而是马上做出倒扁的手势，参加广场上人潮的各种行动。他们显然来自台湾各地城乡，到台北来抒发心中的怨气。

我心中有事，不能在广场待太久，走出人群，回望黑压压的人潮，才感到陈水扁的民怨之深已是无可化解了。这几年我多次去台湾，深深感受到民众对前途的无奈。2000年以前去台湾，台湾人在客气之中，颇为炫耀他们的富裕和民主。但2000年以后，陈水扁当政，台湾经济长期不景气，交谈中，台湾人的叹气多于喜气。翻开台湾的报纸，每天都有民众自杀的报道，给我印象最深的是台南一家人开着汽车冲入大海，父母和他们的三个子女通统葬身于波涛之中。这三个无辜的孩子大的已经有十五六岁，我想，这父母怎么忍心连这么大的孩子也带入死亡之路？自己去死，放孩子一条生路不好么？后来台湾人告诉我：这家人一定欠了很多债，若父母自杀，债留子孙，小孩从小就要为他们还债，一辈子也别想还清，所以，想不通的父母干脆带全家人跳海自杀。进一步了解到，台湾人欠债十分平常，台湾流行银行卡，每个人手中都有好几张卡，在街上购物，一般不用现金而是刷卡，最要命的是各家银行都允许发出的卡可以透支，所以，许多人即使手中没钱，也可以购买很多东西。然而，买东西时痛快，还起来就难了。一位女生当年一时痛快透支了200多万元，工作后，节衣缩食，二年内还了300多万元，但银行透支的利息很高，查一下银行卡，还欠100多万未还清，利滚利，将来不知何时才能还清？这位女生长叹外只有哭泣。大致来说，台湾人在20世纪80年代到90年代手中是很有钱的，所以，很多人都养成了大手大脚的习惯。2000年以后，台湾经济衰退，台湾人的收入大减，但过去的习惯很难一时改变，所以，许多人都欠下一屁股债。然而，就在台湾人家家都有一本难念的经的时候，陈水扁一家人却从小康人家变成了巨富，连女婿赵建铭也成了高消费场所的豪客，这就难怪民众不满。当围绕“总统府”的腐败案子一件又一件被揭露之后，执掌家政的妇女们都解下围裙，穿上红衫，到广场去喊口号。这些家庭妇女掌管家庭的支出，对经济衰退有切肤之痛，难怪她们成为红衫军的基本群众。

可惜的是，台湾的红衫军活动在台湾当局的压制下，最终陷入低潮。一般地说，群众性活动是群情激奋的体现，它不可能持续很久，因为人们毕竟还是要吃饭穿衣的，不可能完全抛弃日常生活全身心地投入运动中，台湾能出现长达数月的红衫军活动，已经是十分不容易的，不可能长期持续下去。所以，红衫军活动在2006年年底，便有不可为继之势。施明德后来回顾红衫军活动，说他自己在红衫军活动鼎盛的时候，曾动过带领百万红衫军冲击总统府的想法，这可是个妙策！当时他们若是真的冲进总统府，陈水扁只能下台。但施明德毕竟有书生气，他希望在体制内解决这个问题，不要给台湾的民主制度太大的伤害，所以坚决拒绝周边人冲进总统府的请求。当断不断，反受其乱，他的优柔寡断反将主动权交到陈水扁手上，终于让这个小人挺过了最危急的时候。如今，陈水扁反攻倒算，反而下令审判红衫军“非法”聚众之罪，让人感叹再三。

不过，红衫军毕竟改变了台湾，它让红色成为台湾的流行色。过去，畏惧红色政权的台湾当政者最忌讳红色，在白色恐怖的年代，连爱美的台湾女性都不敢穿红色的衣服。其影响所及，迄至三年前台湾女性都很少穿红色衣服。红色是所有色彩中最为靓丽的，没有了红色，让人觉得台湾女性穿得很“素”。然而，自从红衫军推出“台湾红”以来，红色成为台北的流行色，许多女性以穿红裙而骄傲，中老年男子往往也穿上一件红色的衬衫。台湾人，比以前更靓丽了。（《福建社科界》2006年第4期）

屏东客家大屋

在台湾的时候，学生们常向我介绍某地民间建筑的精彩，出外参观的时候，也常被拉到民间建筑去参观。台湾人对传统建筑的关心完全出乎我的意料。实际上，我所在大学的研究生，很多人都选择民间大屋做论文。这在大陆的大学是不可思议的。

有一次，我和学生们到屏东县实习，参观了一所客家大屋，这是在台湾被定为三级古迹的佳冬乡萧家大屋。萧家大屋位于山区，始建于咸丰年间，经历三代人的努力，建成了一座三开间五进的大屋。因其大门在一次台风中被毁，日据大正年间，主人又为其老屋建成了一座西式的大门。因我在福建走了较多的地方，一边参观这座大屋，一边将其和福建的老建筑相比，觉得挺有意思。

萧家大屋门面材料，和民国时期大陆建筑颇为相似。它是由水泥和白石粒合成。这种面料在大陆有个很好的名字："意大利水法"。单看名字，读者也许会认为它起源于古罗马建筑，其实，它是民国时期一个广东建筑工人的发明。他以水泥

屏东县佳冬乡萧氏客家大屋

混合白石子铺地，水泥干透后，又以水磨将其磨成平面，形成了很漂亮的地面。这种地面有水泥的牢固，又有白石承载行人的摩擦力，兼有美丽和实用的特点，因而在民国时期流行开来，成为其时代最典型的特点之一。不过，在崇洋风气很浓的民国时期，人们将这种地面称之为“意大利水法”，借意大利建筑之名推而广之，很受欢迎。后来人们发现，如果用这种方式做墙面，其实不必将墙面磨平，就让白石子外露，也很好看。屏东的萧家大屋也采用这种面料，表明当时的台湾在经济上、文化上与大陆的联系还很密切。

福建的老屋大门口，多会摆设一对石狮子，萧家大屋没有这类石狮，却在大门屋顶设计了狮子戏球的雕塑，两只对面而卧狮子的中间，一根彩带托起一个圆球。其用意，大约是苏醒的狮子会吞掉圆球象征的太阳。在日据时代建造此类建筑，寓意之深，令人赞叹。

进入大院后，一片红砖建筑吸引游客的目光。院庭的柱子、门框、窗户框都是红砖，大屋的屋顶，也是使用红色的瓦，这使整座建筑给人十分鲜艳的印象。屏东是热带地区，到处都是绿色的热带植物，从远处看，在一大片绿色中，有一些红色建筑，恰似一棵绿树托着它红色的花，十分好看。这类红砖建筑在清末民初流行于闽南，台湾在这一时期也有许多红砖建筑，反而在闽西或是粤东山区，这类建筑不多。可见，这座客家大屋并非完全是客家建筑，至少在建材方面吸收了闽南建筑的许多因素。但我对这一点是欣赏的，所有的建筑都会有因地制宜这一条，到什么山，唱什么歌，因而，萧家大屋的这种变化，应当是可以接受的。其实也反映了客家人务实的性格。

进入屋内看，会发现这座大屋使用最多的还是来自福建的杉木，栋梁门窗，都是杉木制成。客家人的故乡，不论是闽西还是粤东山区，都是杉木产区。不过，因交通不便，要将其运到台湾是很困难的。民国时期，台湾普通人家的建筑，都是用来自闽江流域的杉木，因这些杉木都由福州的台江出口，因而有“福州杉”之称。杉木若是不被白蚁蛀蚀，可历千年不坏。而福建等南方省份，大量生产杉木。因而中国南方经历数百年的建筑，大多为杉木建筑。迄今为止，台湾许多古建筑的重建和修缮，都会向大陆申请购买“福州杉”，其原因在此。

佳冬萧家大屋的整体风格是朴实的，各处布局都是以实用为主。我看到在一座侧房内，还摆着几扇古朴的门扇，全木制成，没有一点雕饰。连门棂也是直条的。它也许是被萧家后人换置下来的旧建筑部件。现今所看到大堂内，倒是有不少精美的木雕。看来，萧家的后人，随着家庭财富的增加，也在改造自己的老屋，他们用精美的木雕精品，换下实用型的门扉，在普通的大门上，给其安装一圈花枝钩连的金漆木雕。各进院子之间的门扉，也有精细镂空雕。萧家后人对中国传统的诗礼大族也是敬佩的。在一扇大门上，题着“继述”二字，门侧的对联是：“继承敢谓光前代，述伦还期裕后良。”其他地方，也有“忠孝传家国”之类的题字。这一趋势，应是山野的客家人向文化圈发展的“文化”过程。这种转化，同样体现在闽西客家人的历史上。在宋元以迄明代后期的福建历史上，闽西客家人都是一个躁动不安的音符。他们在这片贫瘠的山地上，不断掀起反抗官府的浪潮。然而这一切，到了清代前期都戛然而止。清代的客家人发展以山区为基础的商品经济，他们在出口木材、炒烟、土纸的过程中富裕起来，在经济宽裕的前

萧氏客家大屋的院落

提下，他们鼓励子孙读书考科举，进入文化精英的层次。在台湾的客家人，一向与清廷合作而出名，台湾出现反抗官府的叛乱，客家人经常组织武装跟随官府镇压。他们的子孙也因科举进入官府，成为国家利益的代表者和执行者。当日本侵略台湾之时，客家人的反抗也是最激烈的，丘逢甲是他们的代表人物。所以，客家人在台湾的历史上扮演重要角色，至今他们也是选举诸方争取的决定性因素。

和我共行的老师已经在给学生讲授客家大屋的特点，我在侧面挂一漏万的听了一点，觉得他们的分析相当细致，解读这座大屋，就像在讲授一本书。近年我国学术界的反思相当深刻，大家注意到一个现象：不论是在大学还是科研单位，缺少大师级人物是普遍现象。新中国成立以来，做出巨大贡献的学者，大都是民国时期培养出来的大学生，而解放后的大学，尽管培养出大批博、硕士、学士，其中可成为大师级人物的却不多。有人说我们的失误在于引进苏联式的僵化的教育制度，但苏联的教育在许多方面都是成功的，实际上，苏联培养出来的大师级人物层出不穷，因此，直到今天，前苏联国家的科技水

萧氏客家大屋的雕刻与绘画

平还是很高的。我国学术界的落后，似与苏联模式的关系不大。我觉得其中原因之一是放弃了民国时代的很多好传统。与此相反，胡适等人到台湾后，将民国时期的大学制度带到台湾，台湾的大学仍然保持很高的水平。其人物产生之多，也是大陆大学所不及的。我到台湾的大学兼职，就觉得台湾大学的教学颇有成功之处，像这种以民间大屋为教学材料的方式，既有知识的传播，又有对民俗的研究，还可以鼓励学生研究传统社会的风气。这种方式是很值得我们学习的。

台东的海

在台湾时，曾有台湾学者问我，看惯了大陆的大风景区，台湾的景色算不上什么吧？确实，台湾的风景区很难和大陆著名景区相比，阿里山比不上黄山、武夷山，日月潭比不上太湖、洞庭湖，高达4000多米的玉山，山顶终年积雪，号称东南第一峰，也比不上昆仑山和天山，更不要说是青藏高原那样宏丽的景区了。但台湾也有它称绝于中国的风景，那就是台东的海——那和天空一样蔚蓝的海！

台湾的地势东高西低，西部是平原，台湾的主要人口都居住于此；东部是绵延千里的大山，而且越往东地势落差越大，台东的沿海就有不少如同刀削一样直上直下的峭壁。由于东部沿海都是山地，因而台东人口稀少，仅有少数讨海人生活于此。台东的自然环境保存很好，台湾人接触大自然，多愿开车向东走，到台东的碧海断崖间领略太平洋的天风海涛，那是别有风味的。一日，我的学生邀我去台东走走，我欣然承诺。

我去台东的时候，那是大陆秋色已浓的11月，若在这一时期旅游大陆的北方和西部，到处可见红色的枫叶和黄色的银杏；但在台湾南部，所有的树木依然翠绿，吹在脸上的风，也

台东的“三仙台”

是柔柔的、暖暖的，好像是三月的春天。若说与春天有所不同，那就是山花少了，春天的台湾原野，到处是灿烂的花朵。秋天，台湾野外花不多，展眼所见，到处都是绿色的树草，只有路边有少许菊花，悄悄地透出星点秋意。和台湾相比，福建虽然是近邻，但福建的秋天到处都有“寒山转苍翠”的环境变化，而台湾则像是永远碧绿的翡翠，不论是西风还是北风都不能改变它。台湾人秋游的兴致不亚于春游，是因为大自然赋予他们同样的快乐。

旅游车转过一座大山，眼前豁然开朗，深蓝的大海展现在眼前，秋风吹起细细的白浪，如同鱼鳞一样闪闪发光。正待细看时，一座小山向眼前扑来，视野被挡住了，幸亏旅游车一个转弯，又将大海送到眼前。这一回，迤逦岸边的公路线大体在海边延伸，让我们尽可展望无边无涯的海。有一个学生给我指出，海中远处的小山即是火烧岛，哦，原来那就是《绿岛小夜曲》诞生的地方！远远望去，距岸约有30多公里远，海中有许多鲨鱼，没有人能游过这段距离。当年台湾当局将一些左翼人士流放于岛上，让他们的家人望岛兴叹，流干眼泪，这样才有了悲伤而又浪漫的《绿岛小夜曲》问世。现在的火烧岛已经成为旅游区，据说岛上的温泉和全天然的小吃都是非常可人的，只可惜这次限于时间不能造访了。

旅游车沿海跑了半个小时，将我们送到一座海中孤屿的岸边。这座孤屿的造型很美，它如同一块巨石突兀于海中，就像江南庭院中筑于湖中的太湖石，占尽独、险、峻、奇等特点。我想若是将大海看作园中的盆景，这块巨石就是盆景里的假山，而我们游人，就是盆景中的蚂蚁了。小时候在苏州看到各具风采的盆景，常想那些盆景若是真景该多好，我们一定要去盆景里游玩一番，不想此时真能实现小时候的愿望。据学生说，这里名为“三仙台”，相传是汉钟离、铁拐李、吕洞宾等神仙游玩的地方。我发现今人介绍台湾的自然风景，每每与八仙的故事有关。对我们这些研究民间信仰的人来说，这也是一个有趣的现象。大凡一个地方最突出的民间故事，都与当地最早的土著文化有关。台湾不少风景区都有原住民创造的故事，表明它最早属于原住民所有；而有些地方的故事与闽台区域的地方神明有关，表明它最早是由闽南移民开发的；至于八仙的故事流传于台湾许多景区，则与二战结束后的汉族移民有关，这些移民来自全国各地，八仙的故事是他们都接受的，所以，他们每到一地，都将与八仙有关的故事安置于当地的景区。台湾东部沿海原来没有道路，是蒋经国率退役老兵在这里修筑公路，因而有了今天的旅游道路。许多绝世景区也因蒋经国的修路而展现于世人眼前。眼前的美景也可说是蒋经国对台湾的一个贡献吧，若是他们给此处美景安上“三仙台”之名，值得尊重。

台湾的产业已经进入第三产业唱主角的阶段，岛内民众对旅游业十分重视。这座海中孤屿坐落于海中，距陆岸还有1.5公里的路程。但善于动脑的台湾人修了一道曲线很美的桥梁

台东海岸边上的海蚀石

直通海洋，桥梁不宽，桥面也不平，一个抛物线接着一个抛物线，游人在桥上忽上忽下，尽可亨受野游的乐趣。到了三仙台的岸边，是一道美国红松木建成的栈道，通向孤屿的半山腰。走到近处，才知道这座孤屿十分高大，约有20层楼高，周围1公里，孤屿上的岩石千奇百怪，应是火山喷发后岩流凝聚而成的，有些地方还保留着岩流瞬间凝固的样子，也有些地方被风和海浪侵蚀得千疮百孔，别具残山剩水之美。

沿着栈道绕行孤屿，转过一个弯，迎面的风突然变大了，大家放慢脚步，抬眼看，广阔的太平洋已在眼前。太平洋让人震撼的不是它的大，对它的广阔，我们早有心理准备，更加震撼我们的是海水的蓝，那是和天空一样的蓝色，却不像天空那么虚幻；它像蓝宝石一样透亮，像矿泉水一样纯净，这是数万年以来没有受过侵扰的世界，因此，它没有在人类的历史中被一点点地污染，仍然保持着一亿年前的纯洁。看着它，我对“蔚蓝色大海”才有了真实的体会。我到过中国许多沿海城市，也乘过轮船航行于台湾海峡，这些地方的海，其实都是浅海，它要么是含有泥沙的黄色，要么是倒映着青山的绿色，有些地方的海湾虽是蓝色，细察之下，却有被污染的灰蓝色。事实上，浅海区不可能有真正的蔚蓝色，因为，蔚蓝是属于深海的，太平洋深达数千米的海水，滤去了太阳光中的五颜六色，

仅仅留下了纯净的蓝色，因而深海的蓝具有不可名状的温柔，又具有一种遗世而独立的孤傲，不到深海，看不到海洋真正的颜色。台湾东南的海岸其实是海底山峰的山腰，离岸不远，就是万丈深渊，所以，我们才能在孤屿上看到蔚蓝色的海洋。

台东海岸

由此想到，中国人的海洋文化，自古以来多为浅海区域的海洋文化，在环中国海周边，到处都有中国人的足迹，但到了大洋深处，中国人过往的痕迹明显少于欧美国家，要真正融入这个世界，我们还得到蔚蓝的海洋深处一展身手，只有到那个时候，中国才能算真正的海洋国家。

沿着孤屿朝东的一面，我们继续往南走。在礁石堆里，我们看到一群妇女在礁石上讨小海。太平洋岸边的浪潮明显大于台湾海峡，每个浪头向礁石扑来，都会掀起两人高的大浪。那群妇女就在浪潮的空隙中冲下礁石铲牡蛎、摘海菜。刹那间，一位妇女一失脚，差点滑下礁石，幸亏她的伙伴拉住了她。她仅仅休息了一会儿，又和伙伴们向海洋冲去——为了多挖几个牡蛎。我在台湾的餐厅吃过太平洋牡蛎，由于生活在风急浪高的太平洋岸边，它的个儿要比台湾海峡的牡蛎大一倍，口味也很好。但我从来不知道，台湾的女子要铲得野生的牡蛎，要冒那么大的危险！看这些妇女，脸和两只胳膊都被太阳晒得黝黑，皱纹早早爬上眼角，她们明显是台湾下层的百姓，日子过得不轻松。台湾是中国最富裕的区域，但他们下层的民众也过着艰难的生活，想到这点，不禁哑然。中国走向富裕的路，还长得很哪。

从台东回来，我想到，若要向大陆游人介绍台湾的著名景区，我劝大家一定要看一看台湾东部的海，那是大洋边界的真海，纯得像天空一样蔚蓝，在海边掬一勺海水，就像撕下一片云彩一样快乐！（福州晚报2009年11月7日）

恒春的风

恒春是台湾最南部的一个县，如果将台湾岛的图形比作一个番薯，它像是番薯的“蒂尖”，在地图上看，这个“蒂尖”向南伸入太平洋与南海之间，在一片温暖的海水中，绽放着四季不断的花，因而这个海角被命名为恒春。

在台湾人的心中，恒春就像是中国大陆的海南岛，那是一个海岸上布满棕榈树的地方，阳光明媚的沙滩、和煦的海风，充满着南国异乡的情调。因而，海角上的恒春成为台湾的度假区，每天都有许多人向恒春奔去，在那里享受永恒的春天与暖流。

对台湾了解深了，就知道台湾的气候类似福建，南北相差很大。北回归线之北的台湾区域，雨水较多。台北的春雨就像多情的诗人一样缠绵，吐不完靓丽的诗句，一首接一首献给它的情人，让你点点滴滴永记心头。在台北春寒料峭中的雨季行走，仿佛永远拂不开丝丝细雨，那种感觉，就如闽北的寒春，情深意长，有一点忧郁，有一点忧愁。于是有一天，你决定去寻找阳光，那就开着车走吧！从台北出发，不到4个小时

恒春美景

的车程，你就可以进入恒春的境内。一路上你可细细品尝从寒春渐入夏天的趣味。台中将暖春给你，台南将初夏之夜奉上，而到了恒春，给你的则是盛夏的清晨。甜丝丝的风浸润你的全身，你还会将厚厚的衣服裹紧自己吗？从太平洋涌来的风是温暖舒适的，不一会儿，就会让你脱去厚衣，换上夏装，享受随处可见的鸟语花香。

恒春的夏天同样让人难忘。如果你以为冬天温暖的恒春夏天一定是酷热，那你就错了。躺在太平洋里的恒春没有炎夏，因为，从太平洋吹来的海风，时时亲吻着南国的海角，它将热带的酷热带入深深的海洋。从炎热的城市来到恒春，迎接你的是不疾不徐的海风，那是令人陶醉的风，让你忘乎所以。且将城市的烦躁丢给水泥的森林，让我们在和煦的海风中尽情放松，这样，到了夜间才有心情欣赏棕榈树之间的月光。近年台湾的年轻人，也像欧美国家的人士一样，追求健康皮肤的麦色。若想将自己苍白的皮肤晒得黑一些，恒春可是一个好地方，这里的阳光和海风都是那么强烈，当地的老渔民，每个人都有黑红的肌肤，强壮得像罗丹刻刀下的雕塑。只不过，雕刻他们的不是罗丹，而是恒春的海风与阳光。游人无法达到他们的强壮，但只要借得一角蓝天和一丝海风，就能给自己带来健康的肤色，远离“宅男宅女”之讥。

恒春是台湾的度假之都，也是台湾的浪漫之都。从台北到了恒春，张经理成了“老张”，李局长成为“老李”，不论谁到了恒春，都无法像在台北的写字楼里，端着“头儿”的架子。来到这儿的人，都将西服正装留在家中，带上运动鞋和休闲服，和同事们一起打闹。当大伙儿一起穿起泳装下海游泳、晒太阳，在海滩上追逐，台北的等级制度瞬间化为你我不分的友谊。恒春是欢笑的海洋，每个度假的人，都有一份心中的欢快，不时把微笑送上嘴角。微笑的人容易相爱，恒春是台湾的恋爱之都，无处不在的浪漫，是台湾人最留恋恒春的地方。青年男女在富有诗意的椰树下散步，让夕阳将自己的身影拉长，或是在竹篱下寻找袭来的暗香之源，或是在月光下倾听浪花的呢喃，这种环境是爱之萌芽勃发的热土，一曲曲恋歌在这里奏响。08年红透台湾的《海角七号》，也将最浪漫的故事放在恒春的街巷里。在恒春的恋歌里，来自日本的友子爱上了海角的小伙阿嘉，并在恒春的小乐队中陶醉。2008年秋冬，台湾人为《海角七号》而疯狂，然而，与其说他们是为阿嘉们疯狂，不如说，台湾人是为自己心中的那一个“恒春”疯狂，追忆每个人都有过的浪漫回忆。

我去恒春的时候，恰是游人最少的冬季。瀚海之风猛袭海角的山石，刚强的棕榈树在强风下狂舞，天色阴沉，像要下大雨。我和学生顶着强风走上鹅銮鼻的山冈，辽阔的巴士海峡出现在眼前。风中的海洋掀起无数的波涛，一波又一波地扑打岸边的礁石，那一种壮阔的美令人屏息、驻足。遥看海洋的深处，仍有巨轮航行在海峡的波涛中间。遥想四千年以来的岁

恒春的海，前方即为巴士海峡

恒春的海岸

月，无数原住民坐着小船往来于海峡的岛屿之间，将来自大陆的文明之火传向遥远的南方，因而有了菲律宾、印尼群岛的船民，以及东南亚及澳洲的初始文明。台湾恢宏的历史让我感到海上民众的浪漫。那是一段大陆人不太熟悉的历史，却又记载着大陆文化的光辉，如果将台湾看作大陆文化走向海洋的渡口，是不是对中华文化能有更新的体会？我仿佛摸着了深邃夜空里的一滴星光。转念一想，又觉得自己过于“执着”，在恒春的环境里，让自己放松就好，又何必谈什么学问，让学生过于沉重？只是时间有限，匆匆而来，匆匆而去，没有看到海风和煦的恒春，有一丝遗憾。也好，留一丝遗憾，才会再想来恒春，才会再有机会，不是吗？（福州晚报2009年3月14日）

台湾的“福州杉”

2009年5月，我到台湾的台中市开会，会后到彰化参观。彰化位于台湾中部的山区，公路逶迤而上，一路上郁郁葱葱，各类热带植物目不暇接，让人感叹台湾的绿色景观确实名不虚传。

参观各类庙宇和古建筑是少不了的节目，当我们沉醉于台湾清代文化遗存时，一位来自当地的文化工作者指着一幢老屋告诉我们：“这座古厝所用的木头，都是来自福建的杉木，当时称为‘福州杉’。台湾市场上早就没有‘福州杉’了。为了修复这座古厝，我们特意向大陆政府申购福州杉，得到批准后，到武夷山采购来的。”言下对大陆政府不胜感激。确实，若非国家对台部门特事特办，台湾人无法采购到大陆市场也很少见的“福州杉”。我知道的另一个例子是：马祖岛上古村落的修复，也是用大陆特许采购的“福州杉”。台湾的工匠师承福建古老的木工技术，采用福建杉木修复古建筑，难怪台湾的古建筑仍然保存古代的风味。而福建本土的古建修复，往往用钢管代替杉木做柱子，虽然油漆后看不出来，总觉得风味不足了。

不过，台湾是盛产木材的地方，为何要从大陆进口“福州杉”？这是我早已存在的疑问，便乘机向台湾学者请教。他们告诉我，台湾虽然盛产木材，但都在深山中，无法运出。台湾的溪流和闽江不同，闽江发源于武夷山区，源头各县城的海拔不过100多米，而后经过近千公里曲折的水道抵达下游，河流较为平缓，可以自由漂流的方式运输木材。台湾岛太小，地势高耸，最高的玉山海拔四千多米，高山发源的河流如银瓶下倾，一泻无余。所以，台湾的河流大都无法用以运输。在清代，台湾山地虽有木材，却无法开采。台湾人所用木材，先是到厦门港采购，而后福州港对台湾开放，商人就到福州南台来采购杉木了。实际上，清代前期厦门港的木材也多是从闽江流域转运而来。由于清朝到民国时期，台湾沿海港口及城市所用木材都是从福州运来，所以称为“福州杉”。清代台湾的城市，都是以“福州杉”建成的。

台中彰化县用福州杉建成的大屋

福州是沿海城市，所辖各县杉木生产数量有限。所谓“福州杉”，都是来自闽江上游。明清时期，福州南台市区的“山客”到闽江上游各县采购木材，然后编成木筏顺流而下，一直运到福州的南台港。从文献里知道，顺昌县的洋口镇和建瓯县的南雅镇，都是福州木客汇聚的地方，而福州的南台，则是福建木材大批发商所在地。来自上游各地的木材集中于南台，而后又向海外各地发售。其时沿海的江苏、浙江二省及上海市都是从福州采购木材，闽南城市及台湾所用木材也来自福州，因而造就了“福州杉”的大名。清末民国，“福州杉”是福建省出口的最大宗商品之一，每年为福建省赚取一千多万银元。

台中彰化县用福州杉建设的大屋、屋顶、门窗

与杉木有关的产业也成为福州的经济支柱，如《闽都别记》记载南台的支家“为杉木行牙侬，家道颇丰。”常有商人找他购木，“此客要买大扛木数十条，来问支大哥可有么？支翁曰：前月才被宁波客尽贩去，一条亦无，待有运至来看。”这说明

台中彰化县用福州杉建成的大屋

福州有许多人都靠经营杉木为生。

台湾学者的话，使我浮想联翩。在木材靠河流运输的年代，闽江的木材流放曾是最壮观的景色。几百棵杉木编成的木筏长达近百米，恰似“水上列车”。闽江的水道上，每日都有数十个木筏流过。控制木排方向的前是“木招”，后是“木舵”，为了绕过河流上的礁石，木筏上的“捎排工人”喊着口子，齐心协力，让木筏像灵蛇一样转弯，游走在礁林中间。春天发洪水的季节，常有木筏被洪水冲垮解体，零散的巨木布满河流，向下游冲来，船只纷纷躲避。只有少数精勇的水手敢于游到洪水中，将木材拢向河岸。闽江两岸约定俗成的规矩是，这些打捞起来的木材归打捞者所有，毕竟这是要冒生命危险的。在台湾遇到“福州杉”，竟使我想到少年时代看到的景象。

台湾学者说道，台湾山林的开发始于日本人统治时期。为了砍伐山区的木材，日本人修了多条小铁路伸向山区，以便运输木材。今日阿里山的森林小火车就是那一时代的产物，遗留至今，已经成为历史陈迹了。让台湾人最为痛心的是，日本在台湾采伐了许多珍贵的桧木，运到日本去修神社，几乎扫尽台湾的桧木资源。听了台湾学者的介绍，我突然想到在日本看到的许多神社，都是以巨大的木块制成栋梁。当时我对日本有那么多桧木用于神社建筑感到惊讶，问日本学者，他们都笑而不答，原来这些木头都是从台湾掠夺而来！杜牧的《阿房宫赋》批判秦始皇建阿房宫有“蜀山兀，阿房出”之语，想不到应在日本的神社建设之上。

台湾学者向我介绍了福州杉的故事，又讲了一段台湾桧木的典故，让我感到人心是一杆秤，在历史上，谁做了好事，谁做了坏事，民众的心，都是一清二楚的。

马祖列岛与史前海洋文化

马祖列岛散布在闽江口的海面上，北有东引岛、西引岛，南有东莒岛、西莒岛，中部主岛是南、北竿塘岛。从福州出发的船只，不管驶向哪里，都要穿越马祖列岛，所以，在历史上，马祖也是福州的一扇大门，古代福州的帆船驶向海外，往往在马祖列岛等候顺风。离开马祖，就是一望无际的外海了。尽管马祖离福州这么近，但由于众所周知的原因，50多年来，马祖与福州的往来很少，“小三通”实行后，方便了马祖的台商到福州，但大陆学者到马祖的还是不多，所以，马祖在我们的心中还是相当神秘的。2007年11月13日，我与福建博物院的几位同志共赴马祖参加学术会议，走向这片近在咫尺的神秘水域，让我们莫名兴奋。

从马尾坐船去马祖岛，水程仅1个半小时，其中，出闽江口用了近40分钟。闽江的下游十分美丽，两岸青山相连，白沙如雪，绿榕黄菊，鸥鹭翻飞，所遗憾的是，两岸不少黄金地段已经被开发为住宅区，尽管这些住宅也相当漂亮，但我们更愿意看到纯粹的自然美。人在发展中要取得与自然界的融洽，真不容易啊。

出闽江口之后，海上涌浪渐高，惯常出海的水手们告知：初次出海的游客最好坐在座位上，不要乱跑。舱内许多老客都在闭目养神，涌浪中略有摇晃的船只，就像摇篮一样给人催眠，他们一直在瞌睡中完成了旅程。我有十几年未坐海船了，又喝了很多的水，渐有头晕之感，好在我有心理准备，感觉难受就吐，吐完了，照样精神焕发地做事、聊天。去探索一个桃花源一样的岛屿，呕吐只是小意思。

住进岛上的神农山庄，推开窗户一看，山下就是一片蔚蓝的大海，海对岸，就是隐约可见的大陆。手机突然响起来，原来福州的电话也可通，马祖离福州真近啊。海的颜色是绿的，海风荡起阵阵涟漪，近处的树木沙沙作响，让人心旷神怡。马祖列岛的绿化很好，岛上满山都是相思子树和木麻黄树，这与大陆沿海是一样的。据岛上官员说，马祖原来是一个不长树的岛屿，满山都是荒土与土块，海风很大，树木生长不易。二十世纪五十年代，国民党军进驻马祖后，就把绿化岛屿当做一个任务。台湾的研究人员发现，生长于东南亚的相思子与木麻黄很适应贫瘠的海边山地，便将其引进金门、马祖等岛屿，获得意外的成功。今天看到满山翠绿的山林，都是当日种下的。我想到，我省海边厦门、东山诸岛的绿化，都是靠相思子与木麻黄两种树，看来也是间接使用了台湾科研人员的成果。

其实，古代的马祖列岛是有很多树的，邀请我们参会的陈仲玉教授长年在马祖从事考古工作，他发现了东莒岛上炽坪垅、蔡园里两大遗址，其中炽坪垅遗址出土5500年前的陶器说明，早在五六千年前，岛上就有了古人类居住。那时的马祖岛古木参天，藤萝密布，海边有蛤贝可拾，山上有鸟蛋可捸，乘船下海，可以捕到大鱼，到山上寻找，也不乏可以捕猎的动物。马祖与大陆之间的海峡，成为抗御猛兽最好的防御工事，为害闽中山区数千年的老虎，也无法渡海而来，所以，海岛对古人来说，就是世外仙山。难怪福建早期的新石器遗址多在岛屿上发现，其中有金门8000年前的富国墩遗址，平潭6000年前的壳丘头遗址，5500年前的马祖炽坪垅遗址。其后，随着古人生产力略有提高，一些勇敢的部落领袖率领他的部落到大陆探险，他们与巨鳄、老虎等大型动物对抗，开辟了一个又一个的居民点，于是有了5000多年前的昙石山遗址，4000年前的黄瓜山遗址。再后，人类就散布于东南各地了。

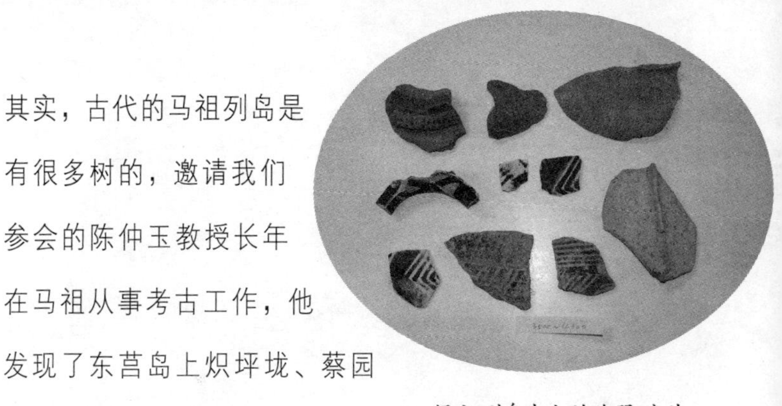

妈祖列岛出土的陶器碎片

人类主要定居点迁到大陆以后，和岛屿村民还是常有来

东涌岛上的贝冢断面

往，福建博物院的专家认定，炽坪垅上层出土的器物和昙石山文化、黄瓜山文化出土器物几乎是同样的，说明他们之间常有物质文化交流。要知道，现代的人类坐着舒适的大船往来岛屿之间，尚会呕吐头晕，可以想象，几千年前，马祖等岛屿的原住民驾驶着独木舟，穿越惊涛骇浪，往来于海峡两岸，他们要冒多么大的风险？对马祖炽坪垅文化的认定，也使我想到，福建史前文化发源于海洋文化，大约10000年前，就有使用新石器的人类生活于福建沿海，他们驾着独木舟往来于岛屿之间，常年在海边采集捕捞。岛屿海滩上的贝壳类生物是他们的主食，因而在各海岛都有许多人类食余贝壳堆积而形成的“贝家”。由于他们以海为生，经常潜水，所以体毛退化很快。美国一位人类学家有个理论，人类早期生活于海上，所以，人类与海豚之类的海上哺乳动物具有共同的特点，例如，身体光滑，除了头发外，体毛较少，都有汗腺。好的理论可以推进人类史的研究，这位人类学家的发现，使我想通了很多东西。今日的黄种人的形成，应与他们的海上生活有关，当时我们的祖先可能就像鳄鱼一样将身子潜入海中，只将脑袋露在水面，所以，头发与眉毛保住了，胡子与体毛却退化了。相对而言，欧洲白种人可能一直在大陆生活，因此，他们的体毛较多，胡子很长，更像大猩猩。

从考古文物来看，福建新石器时代的古人生活于海岛至少有两千年的历史，而后，由于人口增长，狭小的海岛不足以供养日益增加的民众，他们才向大陆发展。来自壳丘头、炽坪垅的古人沿着闽江向内陆发展，在昙石山形成了昙石山文化，而后进一步深入闽江的源头，形成了武夷山的船棺文化。在武夷山区，来自沿海的海洋文化与来自江浙流域的先越文化融汇，为闽越文化的崛起奠定了基础。总之，海洋文化是福建文明起源的一个源头。（福州晚报2008年1月12日A28版）

马祖浓浓福州情

曾有一个台湾大学的博士生问我，他去过马祖和金门二岛，感觉二岛的风情各有特点，为什么二岛都属于福建，地方风情却有那么大的差异？这个问题对福建的学者并不难答，因为，马祖列岛属于福州方言区，金门岛属于闽南方言区，而福州与闽南的地方风物历来有所差异。

马祖列岛所辖岛屿原来不是一个行政单位，以南竿岛、北竿岛之间的海峡为界，以南的南竿岛和东莒岛、西莒岛属于长乐县，北竿岛与东引岛、西引岛属于连江县，1949年政局变动，老连江县政府逃到马祖列岛避难，一直保留下来。随后，大陆成立新的连江县政府，马祖的官员笑说，一个县有两个县政府，这是世界上都独一无二的。

马祖列岛现有人口的百分之八十来自长乐县，百分之十来自连江县，还有百分之十原籍是福清等福建沿海各县，其中有少部分是闽南人，所以，从总体而论，马祖是一个典型的福州人区域。马祖列岛上，常可见到“欢迎卡蹓”的标语牌，在福州住过的人都知道：这是一句福州话，意为“欢迎来玩”。马祖列岛很早就有人定居，东引岛蔡园里遗址发掘表明，当地有

清代的闽浙总督告示碑，反映了清朝官府对马祖列岛的管理

唐宋时代的聚落。至于南竿岛，在一座宫庙前至今尚存元代的碑刻，其文为：“林酉才喜捨中统钞二十贯”。可见，直到元代中期，当地还有不少居民。然而，迄至明代初年，朝廷实行海禁，马祖列岛上的居民被迁至大陆定居，这使马祖一度成为荒岛。其后海寇与倭寇出没于此，明代末年，鲁王与黄宗羲等人以马祖为根据地，组织闽东的反清斗争；清代嘉庆年间，著名的海盗蔡牵多次来到马祖列岛，在当地建了四座天后宫。那时的马祖是一个海盗之岛。蔡牵的船队被清军消灭之后，渐有福州沿海渔民到当地打鱼定居。和其他岛屿不一样的是：马

祖列岛全是山地，现有的一些平地都是近几十年才填海造地完成的。所以，在历史上，马祖的定居人口不多。迨至清代晚期，福州城市有很大发展，对鱼类的需求也越来越大，马祖附近是一个极好的渔场，于是，福建沿海的部分渔民迁居马祖岛；民国初年，又有一大批长乐渔民迁居马祖列岛，形成了当地的基本人口。

马祖岛的西侧有许多港湾，老的渔民村落就分布在港湾的山坡上。这些村落的老房子大都由花岗岩垒成，多为一层建筑，少数是两层楼。为了防台风，屋檐做得很短，屋顶的瓦片上都压着石块。老屋大都独自有个院落，院墙多由石块铺成。由于以前的马祖岛平地很少，所以，村庄散布于山坡上，错落有致，在村庄中穿行，别有情调。马祖原是一个以渔民为主的岛屿，台湾经济起飞之后，岛民大都移居台北打工，剩下的渔民也不打渔了，他们从大陆收购鱼产品，将其销往台湾岛，大都转化为商人。所以，除了少数村落之外，马祖的多数村庄都已经荒废。为了发展旅游业，马祖地方政府申请巨款修复旧村落，将部分大屋改造为旅馆、酒店，坐在这类如假包换的老屋里喝茶聊天，确实别有风味。这类老房子，我在福建沿海常常见到。不过，这几年福建沿海民众富裕了，大都拆掉老屋盖新房，老房子反而难得一见。记得七八年前到连江定海时，山坡上到处都是花岗石垒筑的老屋，其风情与马祖老屋一模一样，

马祖北竿岛的芹壁村，其建筑与连江定海的古厝十分相似

但不知今日还剩多少？若能像马祖岛一样进行改造，对未来发展旅游业是有利的。

当地官员说，马祖最好的季节是四月至六月之间，每逢旅游旺季，会有许多台湾人来到马祖，租一间海边的小屋住几天，白天喝茶、游泳，晚间吹海风、看星星，享受回归自然的乐趣。我对马祖人说，以后两岸交通方便了，福州会有许多人来马祖旅游，从马尾乘船，一个半小时就可到马祖岛，而且岛上的旅游设施都是上佳的，海水碧绿透明，一尘不染，岛上的公路也修得很好，当年国民党军为加强防御工事，将马路修到马祖列岛的每一个角落，如今，参观者搭上旅游车，就可以驶向岛上的多数地方。不怕风浪的游人，还可以坐上游船巡览马祖列岛的诸个岛屿，马祖离岛的风情不亚于本岛哦！

马祖的官员与学者豪爽侠情，一如他们的祖先。事实上，他们的父辈尚为渔船上的渔夫，而有文化的新一代人，继承了父祖的传统，待客热情似火，饭桌上殷情劝酒，闲暇时用车带着我们转悠，学术会上，有问题就提出请教，岛上的官员都认为马祖列岛的文化属于福州文化圈，所以，他们尤其希望我们这些来自福州的学者多发表意见。闲谈中也了解到，马祖的官员为继承和发扬福州文化，做了许多工作。就以饭桌上吃的菜来说，为了保持福州菜的传统，他们每年都聘请福州大师傅到岛上交流福州菜的做法，我们离开马祖岛神农山庄时，正有一批来自福州的厨师入住，难怪，我们这几天在岛上吃的饭菜，多为福州风味很浓的小菜。

作为福建省的省会，福州文化兼容并蓄，既有靠近内陆的山林文化，也有靠近海洋的海洋文化，我想，马祖列岛向我们展示的，正是一种典型的福州风格的海洋文化。（福州晚报2008年1月5日A28版）

马祖列岛的要塞景点

未上马祖列岛之前，我将马祖岛视为海上仙山，事实上，从海上望去，翠绿的马祖列岛在波涛间沉浮，确实像是传说中的海上仙山。岛民传说，古代吕洞宾与何仙姑在此恋爱成婚，双栖双宿，何等自在?

但登岛之后，却有一片肃杀之气，老蒋的题字——“枕戈待旦”是岛上最大的标语，到其他岛屿，看到更多战争年代留下的标语，诸如“军令如山，军纪如铁”之类，尤其是东莒岛上的“同岛一命”标语，让人震撼不已。在战争年代，岛上军民都知道，哪一天“共军”打过来，很可能是玉石俱焚的结局。如今，两岸军事对峙已经成为遥远的过去，马祖岛上的主要坑道都向游人开放，成为参观者必游的景点之一。开放之初，曾有人建议将岛上过时的军事标语都删去，不过，当事者考虑到这些标语尚有文物价值，还是保留下来了。

我们这些来自大陆的历史学者对这些标语都能坦然面对，即使马祖的官员提到了，也只是淡然一笑。倒是这些标语的文化内涵引起我们的注意。在马祖的出入境港口，有一幅“人定胜天”的雕塑，雕塑的主体是两只手，一只手下指地，一只手上指天，雕塑正面刻着“人定胜天”，背后刻着“事在人为”。这些雕塑与题字让我们依稀回到30年前。在“文化大革命”前后，“人定胜天”这一口号可是流行一时，想不到在台湾与马祖也流行这一口号，两岸政治家用这一口号达到不同的目的，但其背后的文化内涵却是相似的，这不是两岸文化同源的一个证据吗？聊到这里，大家都笑了起来。

马祖坑道

马祖列岛有多个岛屿，最大的是南竿岛。岛上出名的军事工程有“八八坑道”、“大汉据点”与“北海坑道”。当年志愿军在朝鲜以坑道战对付美军，让美军流尽鲜血也未能攻克上甘岭。国民党军由此得到启发，1959年的炮战之后，便投入巨资，在岛上开筑坑道，形成纵横交错的坑道网络；其中大汉据点最有代表性，这里的坑道上下共三层，坑道中有会议室，指挥室等，分别隶属于海军、空军，坑道临海的一面，都设有炮眼与枪眼，准备夹击登陆的军队。

南竿的“北海坑道”主要供海军使用。当年金门炮战，金门的码头受到大陆的炮火封锁，无可奈何的国民党海军，只好用登陆艇在海外卸载军需品，然后乘夜间运到金门码头，让岛上驻军搬用。不过，这些登陆艇也暴露在解放军的火炮射程内，十分危险。文革时期，大陆的政治动荡让台湾松了一口气，军方人物便设立“北海专案”，动员人力挖潜海坑道，以便登陆艇使用。北海坑道宽10米，深高18米，其中水道深8米，登陆艇可以直驶其中，在坑道内装卸军需品。南竿岛的“北海坑道”是马祖列岛中规模最大的一个潜海坑道，所以，马祖官方选择将其开放，供游人观赏。坑道内步道有800多米，不过，潮水一来就会淹没，因而，只能选择退潮时进入。坑道最美的地方是海水中的灯光倒影，一盏盏的路灯映在海水面上，好像它原先是安置在海底，上下灯光辉映，仿佛行走在水晶宫内。不过，北海坑道建成后从未使用过，原因是设计者忘记考虑涨潮的因素，福建沿海的潮水高达7~8米，海道原有的深度是8米，满潮时海水的高度是15米，上面的空间仅留下3米，台湾生产的登陆艇水上高度约有5~7米，所以，不待满潮，登陆艇就会顶到洞顶，无法上浮，若是满潮，海水就会灌入艇内，导致登陆艇下沉。这么说来，北海坑道的修筑简直

马祖列岛的坑道口

是一个笑话，花费无数的人力物力，最后只是修造一个即不能藏人也不能藏军舰的废品坑道。同行的马祖官员告诉我：军方发现这一缺点之后，不敢吭声，好在70年代台海恢复和平，一直没有打战，也不需要坑道。如今，北海坑道成为马祖鱼类的避风港，每当台风来临之际，海上掀起滔天巨浪，附近的大小海鱼便游入北海坑道避难。台湾军方无意中为海鱼修造了一个避风港，也算造福鱼类了。

挖坑道是一个巨大的工程。当年挖掘北海坑道，台湾军方动用了三个营的步兵，一个营的工程兵。为了赶进度，士兵们分三班轮流作业，生活十分艰苦。由于当年技术条件的限制，挖坑道多是用炸药爆破为主，所以，作业者十分紧张，每次爆破都要听记爆炸的点数，万一弄错了，有一个未爆的炸药在工兵进入后再炸，便会造成巨大的杀伤。当年台湾人当兵，最怕分配时抽中金门与马祖的签，有些士兵抽中“金马奖”之后，当场就软倒地上。因为，这意味着两年的苦役与死亡的威胁。在阴森森的坑道内行进着，一边听着马祖的官员讲着旧时代的故事，不禁对这些士兵充满同情。走出坑道后，灿烂的阳光一下扫除心中的阴霾，感到台海的和平才是最重要的。希望海峡对岸的官员能为台湾的士兵们多想一些，不要再让他们在坑道中度日吧。（福州晚报2008年1月19日A28版）

北竿塘的玄天上帝庙

台湾自二十世纪七十年代以后经济起飞，马祖列岛的青壮年大都跑到都市谋生。几年后事业有成，他们便将家中老小都带到台北。于是，马祖列岛各村庄都是人去楼空，到处是残垣颓墙。近几年马祖发展旅游业，老村庄才得到修复。不过，和空寂村庄极不相衬的是：每座荒废的村庄里，都有几座修得十分漂亮的庙宇，马祖的学者说，这是来自桥仔村的“经验”起了作用。桥仔人虽然离开了祖居，但每到神明的生日，他们都会回到家乡祭神。所以，桥仔人在外做生意很顺利，许多人发财了。得知桥仔村的发财“诀窍”，马祖各村落的百姓都善待家乡的神灵，虽然人在异乡，还是经常返乡祭神。他们的原则是：老家破落可以不修，但家乡的庙宇一定要修好，让神开心，财路也就顺畅了。

听了桥仔村的故事，我们来到桥仔村后，特别注意当地的庙宇。果不其然，桥仔村的庙宇都修得十分漂亮，尤其是外侧山墙抛起一个又一个尖弧，像是浪花涌上天空，向苍天展示自己的诉求。这种波浪形的山墙是近二十年来才出现的，并影响了马祖列岛许多庙宇的风格。

玄天上帝庙内来自长乐的感应筊谱

其实，桥仔村也有很古老的庙宇，玄天上帝庙就是其中的一个。别看新修的庙宇十分新潮，但庙墙上保留着一块乾隆六年的“感应杯（筊）谱”。这块筊谱是否是真的呢？当下引起在场学者的关注。我细看这块写在木板上的筊谱，它的每一支签上都写着“阴阳圣”之类的字样，卜筊的人都知道，神前许愿后，卜筊有三次，筊是用竹块做的，筊面有内外之分，卜筊之后，两块筊都是内面朝上，叫着“阳”；两块筊都是外面朝上，就叫着“阴”；若是两块筊一阴一阳，则是叫着“圣”。“阴阳圣”的排列组合共有27种，加上筊侧立这一非常罕见的卦象，共有28种。所以，解签的签谱也是28种。这类28种的签谱，我在福建的一些古庙也见到过。不过，近年福建乡村庙

马祖列岛桥仔村的玄天上帝庙

宇都流行百签谱，这是一种更为简单卜卦法，它不要卜筊，只要将神案上的签筒抓在手里使劲地摇，哪一支签自动跳出来，就用哪一支签去对签谱。这类签谱共有百种，所以称之为百签谱。如今的福建神庙，除了古庙外，几乎没有人用28种的古筊谱。所以说，若是今人伪造古签谱，一般是百签谱，而不是28种的古筊谱，就这点而言，我相信桥仔村玄天上帝庙的这块“感应杯（筊）谱”是真的。

“感应杯（筊）谱”的上款是年月日，下款写着：“吴航梅东弟子林开远喜舍”。吴航是长乐城的别称，这块筊谱也说明，早在清代中期，马祖岛上就有了长乐人。今马祖列岛的民众祖籍长乐的有八成，祖籍连江的却只有一成，剩下一成大多来自福州府各县。马祖的主岛南竿岛、北竿岛与连江县更近，为什么岛上长乐人多于连江人，这是一个谜，其原因应和长乐人中水手较多有关。福建东南沿海诸县都有发达的海洋文化，但各地人发展的行业并不一样，闽南人是到东南亚打工谋生，福清人是经商，而长乐人的特点是做水手。约在清末民初，造船航海成为长乐人最擅长的一个行业，许多渔船和商船都是雇佣长乐人当水手，因此，江浙一带的港口有许多长乐移民。马祖位于长乐人北上的必经之地，此地有较多长乐移民是很自然的。与其相比，连江土壤肥沃，居民多以农业为生，他们移居马祖的人口反而少于长乐。不过，目前这只是我的一个推测，还不能作为最终的结论。

玄天上帝信仰在中国有悠久的历史，在古人的星图上，北极附近的星团组成龟蛇相缠之阵，在民间被神化为“玄武之神”。唐太宗封玄武为佑圣玄武灵应真君，宋真宗避始祖赵玄朗之讳，改玄武为真武，因此，玄天帝庙在民间名字很多：如佑圣宫、玄武庙、真武庙等。已知福州最早的玄武庙是连江佑圣宫，始建于南宋嘉定六年，由本县人孙士楚捐住宅改建。福州城内的玄天上帝庙则以屏山真武庙为早，据《福州府志》的记载，明朝正德二年，福建镇守太监梁裕在福州屏山的镇海楼设置了真武庙，庙内祭祀玄天上帝。就可靠的记载而言，这是福州第一座由官府建的玄天上帝庙。梁裕来自北京，他所建真武庙，其香火应是直接从北京引来的。明朝的永乐帝自视为真武的化身，所以，玄天上帝在明朝神界的地位极高，他被当做军队的护法神。在明朝人看来，玄天上帝是北方玄武之神，北方属水，所以，玄天上帝又是水神。由南州散人吴还初所写的《天妃娘妈传》中，妈祖的原型林默娘是玄天上帝的女儿，后来为了拯救苦难的人类才下凡民间。由于这一原因，明朝以来，经常往来于水路的人们都祭祀真武之神。

又据王应山的《闽大记》，万历年间仓山北侧的天宁寺中有一块巨大的岩石，名为“双江台”，岩石上有一座真武庙。双江台真武庙与全闽第一楼遥遥相望，当地香火应是从镇海楼引来。双江台之西为黄柏岭，这里北临闽江，俯望福州全城，风景十分秀丽。明嘉靖年间，作过金华知府的进士陈京在这里筑亭，以供往来民众休息，并在大石上刻“望北台”三字。由于望北台之名与北帝真武相互契合，后人在望北台建造一所玄武庙。望北台下的石路遥连万寿桥，当年来自南部诸县的人士到福州城，都要经过望北台真武庙，因而望北台真武庙越来越兴盛，渐成为福州香火最盛的真武庙。近年望北台真武庙被视为福州真武信仰的中心，外地真武庙都与它有往来。长乐是玄武信仰最盛的区域之一。《长乐县志》记载，清末民初，长乐县有十九座真武庙，其中有一座位于“梅花新城”。梅花是长乐著名的渔港，位于闽江口，在金峰镇附近。马祖北竿岛桥仔村玄天上帝庙内的上帝签牌上题名“吴航梅东弟子林开远喜舍”，就其意思来看，这位林开远应为梅花东面的村落中人，他信奉玄天上帝，而后将玄天上帝的香火带到桥仔村，建成了当地的真武庙。可见，马祖的玄天上帝信仰起源于福州长乐。

每一座庙宇都是一本书，只要你懂得方法去读，就可知道当地的发展史。各位朋友，在我们身边默默无语的庙宇，说不定就是一部精彩的小说哦！（《福州晚报》2008年6月28日A19版）

马祖列岛的天后信仰

闽江口外的大小岛屿星罗棋布，地理学家称之为马祖列岛。马祖的学者告诉我，其实原来的马祖列岛不止现归台北管理几个岛屿，当其最早定名时，闽东的西洋岛、浮鹰岛也属于马祖列岛，只是在海峡两岸出现军事对立后，马祖列岛的北部诸岛由闽东地区管辖，人们所称马祖列岛专指台北管辖的南部诸岛了。

在中国古地图上，没有马祖列岛之名，在西方地理学传入中国之前，中国古人称海中岛屿为“山”，马祖列岛当时被称为“南竿山”、“北竿山”、“大西洋山”、“小西洋山”等。清代末年，李鸿章将海关权利交给英国人赫德管理，赫德派人详细调查了中国沿海的海道，并引进了西方“群岛”、“列岛”等地理学术概念，马祖列岛才出现在中国的地图上。它之所以被命名为“马祖”，是因为南竿岛有一个“马祖澳”是诸岛的主要港口，英国地理工作者便以其作为闽江口列岛之名。其实，对福建人来说，这是一个容易引起误会的命名，因为，莆田湄洲岛是妈祖信仰的发源地，福建人一说到“妈祖”，就想到湄洲岛。我给朋友说：前些日子去马祖列岛开会

马祖列岛的天后宫

了，他们往往以为我去湄洲岛开会，总要解释一番，他们才知道我是去闽江口的马祖列岛了。

语言的辗转翻译往往使一地多名，马祖列岛只有妈祖澳，而不是“马祖澳”，西方语言没有声调，英国将“妈祖”译成英语后，编成地图，而后中国的学者将英国人所记地名再转译成汉文，在语言的还原过程中，错误发生了，“妈祖”变成了“马祖”。其实，妈祖与马祖是两个人，唐代有一著名禅宗大师叫马祖道一，他在福建修行过，但未去过南竿岛，所以，马祖列岛之名不可能与他有关。然而，由于“妈祖”与“马祖”

不易区分，佛教学术界就有人提出：妈祖之神与马祖道有关，要向他们解释清楚妈祖不是马祖，还真不容易。

马祖南竿岛天后宫的来历有二说，其一，它是海盗蔡牵所建。话说马祖列岛早在宋元时期便有人居住，至今岛上的庙宇里尚有元代石碑留下，但自明初海禁之后，马祖列岛便成为朝廷的“弃地”，往往成为海盗停留之所。清代中叶嘉庆年间，海盗蔡牵横行于台湾海峡，两次攻打台湾岛，他与闽浙水师多次交战，清朝费尽九牛二虎之力，才将其歼灭。蔡牵在台湾海峡前后14年，主要是以台湾海峡中的岛屿为根据地，马祖列岛即为他们的根据地之一，他的海盗队伍长期在马祖列岛驻扎，为了祈保平安，他在南竿岛上建了四座天后宫，妈祖澳天后宫是其中之一。今天的妈祖澳天后宫修得堂皇富丽，我在其大堂行走时，头脑中往往浮现200年前海盗蔡牵的影子，这个海盗，给东南沿海带来无数灾难的同时，也使英国人望而生畏，蔡牵在海上也曾抢劫过英国人贩卖茶叶和鸦片船只，当时英国人为了自保，每每和清军联合起来攻打蔡牵的队伍。在与蔡牵作战的过程中，清军也锻炼出一支很有战斗力的水师，这支队伍曾得到英国人的尊重。可惜的是，蔡牵失败后仅20多年，闽浙水师便迅速腐败，在鸦片战争中，闽浙水师根本没有发挥作用，乃至英国军舰横行于台湾海峡。这样看来，当年蔡牵的活动，实际上将英国人对华侵略战争延迟了数十年吧。

马祖列岛的天后宫

今马祖岛上的芹壁尚有海盗屋，这位海盗的祖先应是金门人，大家知道，金门人有一个习惯，在房顶上放置一尊风狮爷，这座海盗屋是马祖唯一一座有风狮爷的建筑。我们到海盗屋参观，发现这座海盗屋的建筑十分奇怪，正门的路很难走，看到大门还要弯弯曲曲走好久才能进门，后门有路可通后山，看来这位海盗时刻警惕着对手的袭击。登上海盗屋的二楼，近处是海港，远处是大海，过往船只一览无余。陪同的马祖学者介绍，当年这位海盗在楼里举着望远镜察看海上船只，一旦发现商船，便令海盗船追击，许多劫来的财宝便埋在后山。不过，这位海盗死得很突然，死前也未交待财宝的下落，后来有很多人都想找到他埋藏的财宝，但至今没有成功。

关于南竿岛天后宫来历的另一说法，与妈祖的父亲有关。马祖列岛的主要居民是渔民，在福建的渔民中有一个很好的习俗，就是在海上遇到翻船的人一定要救，若是遇到浮尸，一定要捞上岸埋葬。马祖人在这一习惯上还有发展，他们将海上浮尸捞上岸埋葬之后，会将其当做有法力的鬼魂。他们遇到难事，往往祈求浮尸的魂灵保佑，事情办成之后，便将浮尸供起来，当做神明祈拜。在这种习俗导引下，马祖列岛出现了许多源于浮尸的神灵，并建了各色小庙，如萧大哥庙、胡将军庙等等，都是祭祀浮尸鬼魂的庙宇。当地民间传说，南竿岛的妈祖澳与妈祖之父有关。当年妈祖的父兄到海上捕鱼，突遇风暴，妈祖之父死于海难。默娘与其亲属乘船到海上寻找，不幸亦死于海上。她背负父亲的尸体一直漂到南竿岛的妈祖澳，当地人怜其孝行感天，为其立庙祭祀。妈祖亦多次显灵保佑村民。所以，南竿岛的当地人都将其妈祖庙当做福建最早的妈祖庙之一。

由于历史上马祖岛留下的史料极少，以上两种妈祖庙传说的真伪很难论证。从妈祖传说的历史来看，莆田的妈祖传说比较原始，福州与泉州境内的妈祖传说都有些变异，但这些变异往往加强了妈祖信仰在当地的地位，对妈祖信仰的发展是有利的。我们在马祖看到的情况正是如此。(《福州晚报》2008年5月24日A19版)

马祖列岛的青蛙神庙

马祖列岛就和福建沿海的普通乡村一样，村头村尾有许多庙宇，祭祀各种神灵。马祖的学者很早就展开了对马祖民间信仰的研究，其中，北竿乡的小学校长王花俤的成绩较为突出。他因研究民间信仰，很早就与我有联系，这次到了马祖，他看到我就说："徐教授到这里，一定要看一下芹壁村的青蛙神庙。"这是因为，在福建省，我最早研究青蛙神崇拜，早在1993年出版的《福建民间信仰源流》一书中，我就为古代福建的青蛙神崇拜写了一万多字，不过，彼时因所见不广，一直为找不到一座现实中的青蛙神庙而遗憾。王花俤君却在马祖列岛找到了青蛙神庙，所以，他大力向我推荐。

芹壁村的蛙神庙附于天后宫之侧。天后宫位于芹壁村的半山腰，面向大海，俯抱村庄，视野广阔，站在庙前，可以看到远处的帆船。村民将天后宫建于此处，应当是为了保护出海的船民吧。当年的出海人总要在天后宫燃一把香而后登船，安全返航后，又要到庙里叩谢妈祖保佑，天后在他们心中的地位由此可见。天后宫的右侧，有一座挨在一起的小庙，这就是青蛙神庙了。我问王花俤先生："为何将青蛙神附于天后宫之侧？"他领我们看庙外的青蛙神之碑，其名为"天后宫铁甲将军立碑记序"，碑文中写到：青蛙将军祖庙原建于一万年前，后在明朝万历年间遭受破坏，庙宇废弃。恰逢天后召兵，青蛙将军应募为大将，跟随妈祖到北竿岛的鹤上芹壁村，以后在此显灵，成为本境之主。所以，青蛙庙内的横匾是："本境大王"，这说明青蛙神在被芹璧被视同于土地神一类的境主神，他与民众的关系十分密切。碑文的文字有些地方不太通顺，应为当地村民所写。这类出自本村民众之手的碑文，在人类学上极受重视。因为，我们这些读书人看的书太多，每当看到一种民间信仰，就会很自然地将它与其他地方的神灵比较，有些我们认为是错的东西就不会写进去，这样反而不能反映村民对神灵的原始看法。而出自村民之手的碑文，虽说其文字不雅驯，但内容不走样，更能反映本村百姓对神灵的看法。这段碑文的末尾有一些材料十分有意思。碑文说："祖寺宫业莫遗忘，来年芹民境更佳。"这是要村民去找青蛙神的祖庙。其后，村民果真组织了"进香访问团"，誓要"定祖宫，游北京"。王校长告诉我，芹璧村的访问团后来在武夷山的六曲溪畔找到了青蛙神的祖庙。

从信仰发展史来讲，青蛙神与古越人的信仰有关。《韩非子》一书记载，越国国王勾践出游时，曾遇到一只青蛙挡在车

马祖南竿岛芹壁村蛙神庙神龛祭祀的青蛙神像

前，不肯退让，勾践很赞赏青蛙的勇气，便让车夫绕开青蛙。这一故事传开后，大家都知道越王重视勇士，纷纷前来投效。这一东周时代的故事反映了越人崇蛙的情结，古代福建的蛙神庙，实际上是越人崇蛙情结的神明化。

现在所知的蛙神庙主要分布于闽江流域，而以闽北最为兴盛。清代闽北的蛙神崇拜达到最高点，当时南平、邵武等地的官署，都有青蛙神的神位。咸丰年间在闽北做官的施鸿保，曾亲眼看到青蛙神与民众互动的故事。那是一天雨后，邵武府衙的官员在后园看到一只金线蛙朝大堂内跳来，他们便以盏盛白酒供青蛙喝，青蛙喝酒之后，两颊微红。周边的市民听说青蛙神显灵，都到府衙内看青蛙神，大伙静悄悄地，迤逦而过，生怕惊了蛙神。福州一带的蛙神信仰则以刘鹤龄最为著名，相

马祖南竿岛芹壁村蛙神庙及碑刻

传刘鹤龄生于明代初年，因吃了蛙精的内丹而成为蛙神。后来刘鹤龄大闹永乐帝的皇宫，迫使永乐皇帝下令祭祀蛙神，这是江南多有蛙神庙的由来。《闽都别记》一书还记载了他和家乡的“人面蛇精”不打不相识的过程。有趣的是，现存我省主要蛙神庙也与蛇神庙有一定关系。大家都知道南平樟湖镇有一个蛇神庙，多数人不知道的是：樟湖镇还有一个蛙神庙，祭祀它的村民不少。由于闽北地区保存了最多的蛙神信仰遗迹，所以，马祖芹壁村民在武夷山找到蛙神祖庙，也是理所当然的。从南平的蛙神庙到马祖列岛上的青蛙神庙，其间相隔遥远。就我们的经验来看，福州地区也应当有蛙神庙，马祖岛上的蛙神信仰，应是直接从福州地区传去的，其中最有可能的是闽江下游区域。后来，我果然在福州也找到了蛙神庙。那是在仓山的一座小山上。该庙署名为“中龙境李厝山青蛙将军庙”，其地现为福州贮木场宿舍。前些年，由当地老人自行筹建。该庙的

福州仓山的蛙神庙

匾额与灯笼，都写明本庙为青蛙将军庙，2006年农历六月初十，当地老人还举行了“蛙神诞”祭祀。

仓山蛙神庙的发现，使闽江流域现存的蛙神庙连成一条线，从武夷山到南平樟湖坂的闽江岸，再到福州仓山与马祖北竿岛，这不就是福建水上人家活动的线路吗？古代福建的交通全靠水路，来自武夷山下的小船顺流而下，将闽北的山产运到福州与沿海城市出售，而后又将下游的食盐与鱼干运到上游，山区与沿海的贸易就这样繁荣起来。闽江上礁石众多，航行很危险，所以，水手与商人常要拜祭水神，青蛙将军便是他们祭祀的主要神明之一。马祖列岛青蛙将军庙的发现，说明当时闽江的水手与外岛之间也有联系，因而将其信仰带到马祖南竿岛上了。

福州与马祖的白马尊王信仰

马祖列岛庙宇最多的神灵是白马尊王，这类庙宇不大，其神灵也不像妈祖那么显赫，但在马祖随处可见，它是马祖民间最有影响的神灵之一。

白马尊王的信仰始于福州，《三山志·祠庙》云："善溪冲济广应灵显孚祐王庙。鼓山之北，大乘之南，山峡间有二潭，下潭广六丈，深不可计。见庆历记（距上潭五里）。昔闽粤王郢第三子有勇力，射中大鳝于此潭，其长三丈。土人因为立庙，号白马三郎。"可见，其庙主为汉代闽粤王郢的第三子。福州民间传说，他的名字是驺寅，号白马三郎，在杀鳝时被卷入深潭而死。因其为民除害，闽越民众为其立庙祭祀。唐代中叶，朝廷为了迎合民意，下令在福州祭祀旧闽越国诸王，白马王庙也在其中。《三山志·祠庙》："自唐大历以前闽城通得祀者四，南台、善溪、城隍与此（郢）而已。"而后白马王庙成为福州城内外最流行的民间信仰之一，并得到历代官府的祭祀，"唐贞元十年，观察使王翃旱祷得雨，崇饰庙貌。自后太守躬祷辄应。""唐咸通六年，观察使李瓒奏封龙骧侯。梁贞明中，闽忠懿王奏封弘潤王。""本朝（宋朝）建隆二年，知闽县江文秉葺庙，有《记》。庆历六年六月，旱。蔡公襄斋戒，自为文祷，读彻大雨。乃命知县贾太冲新其祠，文学范宗韩作《记》。熙宁八年敕封冲济广应王。绍兴十一年，以张丞相浚奏，增封灵显，仍赐庙额曰永宁。十七年秋大雨，中夜水暴出，声闻数十里。诘朝，有石高广可二丈，峙庙后如堵，水左右注，庭除无恙，人异之。绍定五年李大卿骏以灵应如响，奏增封'孚祐'。淳祐八年，陈侍郎垲为乡帅。以田畴缺雨，率知闽县师舆致祷有验。” 由此可见，白马王庙是古老的闽越族信仰，因受官府保护，流传至唐宋时代，依然兴盛。

明清以来，白马王信仰仍在福州民间传播，《八闽通志》、《闽都记》及历代《福州府志》都有记载善溪广应孚祐王庙。《连江县志》记载明代儒者陈元登的白马王庙记，“吾里中神祠，称白马神最显，不知其栖兹土地也，始自何时。闻其先，盖石甃小龛，欹侧山麓，石马巍然，对峙于江。岁时祈祷者不过蓑翁渔子，持黍肉平立睨而祝之。久神乃益灵，里中邀福于神者益众。有某者，倡以祠，祠成，岁以祭。迨二三父老凋谢之后，祀稍弛，有某某复起而新之。且定为赛神仪式，属予记其事于石。于是，再拜盥沐而言曰：登朴愚，不喜媚神鬼。然入白马庙，未尝不肃然跼，蹚然趋也。栋宇虽小，

马祖岛上的白马尊王庙

而规局端严，篆烟叆叇，穆穆渊渊。面据大江，冲风激浪，林木窈冥。”可见，其庙虽小，却在民间很有影响。福州城乡有许多白马王庙，这类庙宇不大，多因城市改建而拆除，但在地图上还看得到“白马河”之类的名称。相传福州人死于外地，尸体不可入门。因而，白马三郎驺寅死后，人们将其衣冠弃置于西湖，顺流而下。其时西湖的流水通向闽江，这条河便是白马河，河边有白马庙。过去福州水上人家都信仰白马王，他们在闽江上谋生，将白马王的信仰传播于各地。据我所见，在闽江中游的南平市即有白马王庙；闽江的下游，白马王庙更多，

《长乐县志》记载当地的白马王庙："在县治北关内。乾隆五十三年、同治三年里人先后重修。……一在二都阜山。一在三都岱边山腰。一在岱边水碓上。一在珠湖龟山口。乾隆五十九年建。一在九都湾里。一在十四都白眉村。乾隆间，里人王子贵等建。道光二十二年，贵子举良倡修。一在旒峰顶。一在旒峰西山。乾隆间建，嘉庆十八年、同治五年里人王资柽、王尚贞、王守花先后重修。一在方安里枫林村。一在泽里烟台山下。一在大宏里。" 据以上数据统计，清末民国长乐县共有12座白马王庙。

白马王在福建民间常被视为水神，连江县"凡里中之涉海者，或渔或商，或游在水中，率指白马庙为的，飞帆瞬息及岸焉。舟人每为予言：舟行黑夜，咫尺不辨东西，则隐隐望人星如车轮，荧煌喷射，忽巨忽细，时高时低，乃惊喜相告曰：'此白马庙神火也。鼓枻向火，则须臾出险。于是或渔、或商、或游者卒然犯风涛，昏黑漂泊，舟中匍匐拜呼。则皆隐隐有火俾之达岸。呜呼！神之血食兹土者，岂苟然者乎？用考神于祀典，则若未尝无据者。而里中父老相传：'为闽粤王世子，常乘白马，死为是神'。"

闽江出海口的川石岛白马王庙是较有影响的大庙之一，闽江口的五虎礁与白犬岛，相传都是川石白马王部将所化，一旦有外敌入侵，五虎与白犬就会上去扑咬，守卫福州。相传汤和率明朝水师入闽时，五虎与白犬前后阻挠，汤和在闽江口徘徊很久，不敢深入，最后是绕道乌猪岛水道才进入福州。

白犬岛今为马祖列岛之一，这些故事也说明马祖列岛必然会受白马王信仰的影响。今马祖列岛共有12座白马王庙，比妈祖庙还要多5个。其分布情况如下：北竿塘岛3个，分布在桥仔村的澳团、沉斗位和中沃口；南竿塘岛6个，分布在介寿村、清水村、珠螺村、科蹄澳、夫人澳；东莒岛有2个，分别位于大埔村、福正村；东引岛有1个，在乐华村。这些庙宇的香火来源，大都与长乐、连江二县有关。例如，北竿坂里村中沃口的白马尊王庙香火即来自长乐县旒峰白眉村；南竿介寿村山陇境的白马王香火来自长乐文石村等等。

白马尊王庙内的神龛

马祖的白马尊王庙常到福州善溪祖庙进香。虽说善溪祖庙在文化大革命时遭受较大的破坏，但因马祖进香者众，近年重新修复，今有建筑面积1000多平方米，至今仍是福州民间影响较大的庙宇之一。

马祖列岛的水部尚书庙

马祖列岛突兀于闽江口外的波浪中，它的主岛有北竿塘岛和南竿塘岛。那天傍晚，我们在北竿塘岛的海边散步，正当夕阳西下时，落日余晖在浪花上闪耀，海风习习，令人心旷神怡。正走着，忽然看到山脚那边有一片金色的琉璃瓦，大家兴致勃勃地走去，转过山脚，闪现在我们眼前的是一座巨大的牌坊，上写“水部尚书公府”，原来，这是民族英雄陈文龙的庙宇。庙内还有一幅林则徐题给陈文龙的楹联：“节镇守乡邦，纵景炎残局难支，一代忠贞垂史传；英灵昭海筮，与信国隆名并峙，十洲清晏仗神庥”。同行的一位福州学者说，这副对联似在台江尚书庙见过，事实上，北竿塘岐的尚书庙正是从台江分炉的。

陈文龙是宋代末年的状元，仕至参知政事，文天祥在福州组织抗元战争，陈文龙在莆田家乡举兵响应，失败后被俘至杭州。他寄诗给家人：“斗垒孤危势不支，书生守志定难移。自经沟渎非吾事，臣死封疆是此时。须信累囚堪衅鼓，未闻烈士树降旗！一门百指沦胥尽，惟有丹衷天地知。”该诗流传出

马祖列岛北竿岛中的水部尚书庙及大殿中供奉的船只

来，读者无不悲痛。陈文龙后在岳王庙泣血而死。明朝建立后，永乐皇帝下令祭祀陈文龙，其时，杭州西湖与莆田阔口都有陈文龙祠。不过，那时的陈文龙祠只是官府所建的官庙之一，普通人敬仰陈文龙，却未将其当做神明。然而，随着岁月的流逝，陈文龙在其家乡逐渐成为保护神，莆田阔口的陈文龙庙也成为当地民众祭祀的主要庙宇之一。

至于陈文龙庙为何被叫为“水部尚书庙”？这让许多人感到困惑。古代的六部长官是“吏、户、礼、兵、刑、工”六种，其中没有“水部尚书”这一官职。有人说，古代的工部尚书以水利为其主业，所以工部尚书可以雅称为“水部尚书”。但查陈文龙生前所任官职，他做过侍御史、参知政事等官，唯独没有做过尚书。我在福建民间调查，注意到古代高官的住宅大致有两个等级，其一为大夫第，其二为尚书第，这说明普通民众并不了解朝廷的官职，只是简称为某某大夫、某某尚书，陈文龙最高官职是参知政事，这一官职相当于尚书，这应是陈文龙庙被称为尚书庙的原因。

陈尚书信仰形成以后，阔口一带的莆田商人将陈文龙的香火引至他乡。在福州境内，最早的陈文龙庙是乌龙江边阳岐村的陈尚书祖庙。当年莆田人到福州经商，都要在阳岐一带摆渡过江，因而阳岐也就成为他们在福州的第一个落脚点，于是，来自阔口的莆田商人在乌龙江畔的阳岐建起陈文龙小庙，而后又将其引至福州城内，落脚于水部门、台江等处。

古代的福州城较小，其主要城区相当于现在的鼓楼区。在鼓楼区的西南部有一个水部门，是老福州对外交通的码头，因而也是往来商人必经之地。可想而知，当年在福州贸易的各地商人都将此地当做进入福州的第一个口岸，因此，老水部门会有各地商人建立的庙宇，其中应有一个“陈尚书庙”。然而，到了元明之际，福州水部门的水路逐渐淤塞，福州的水路码头不断南移，起先是在河口，而后逐渐移到台江。外地商人所建的庙宇也不断南迁，莆田商人所建的尚书庙也就南移台江，对于这座庙，因其香火来自水部门老庙，人们称之为“水部陈尚书庙”，久而久之，简化为“水部尚书”庙。

清代台江一带成为福州最繁华的商业区，此地商人中，又以莆田商帮的势力最为强大。在莆田人的影响下，水部尚书成为台江商人的共同信仰，更由于其名为“水部”，让人联想到他应是水神。清代出发于台江的商船，其船长、水手、商人，都要拜一拜“水部尚书”才敢行船，“水部尚书陈文龙”也就成了水神。清中叶以后，朝廷出使琉球的使船都会带上水部尚书庙的香火，而陈文龙也因此受到朝廷的封赐。

马祖列岛的民众多福州各县移民，尤其以长乐、连江二县移民为多。1941年，北竿塘岛渔民萧亚金妻周氏赴台江尚书庙敬神，而后请香返回南竿塘岛，在家中祭祀，1976年建了一座小庙，当地民众觉得水部尚书很灵，便于1997年筹资建大庙，这就是眼前金碧辉煌的水部尚书庙了。2000年前后，台江陈尚书庙拆迁重建于万寿桥桥头，马祖的信众还为此捐款100多万新台币。近年以来，北竿塘岐村的信众常到福州进香，莆田阔口的陈文龙家乡也常见他们的踪迹。看来，文化的纽带是永恒的，它似乎看不见，又似乎无处不在。在马祖岛上散步，无意中听到“卡蹓”等福州话，有时还以为自己身在福州呢。

暮归的鸥鸟从天际向岛上飞来，嘹亮的叫声划破天空的沉寂，领队的马祖学者招呼我们上车赶赴码头，今夜，将宿在南竿岛的酒店里，那里，用福州的手机也可通话哦！（《福州晚报》2008年4月19日A19版）

马祖列岛的大埔石刻

马祖列岛中的白犬岛位于闽江出海口右方，当年岛上军民嫌这一名字不好听，在蒋经国的干预下，将其改名为东莒岛。它距南竿岛有50分钟的水程，由于是外海，涌浪很大，我乘船去该岛时又呕吐了一次，不过，东莒岛是马祖列岛中古迹最多的岛屿，既有五千年前的炽坪垅遗址，也有明代的大埔石刻，还有高耸岛上的石砌灯塔，为此受点累也是心甘情愿的。

大埔是东莒岛的一个村落，它的海边小山坡上有一块明代的石刻，其文为："万历彊梧大荒落地腊后挟日，宣州沈君有容获生倭六十九名于东沙之山，不伤一卒。闽人董应举题此。"文中出现的两名历史人物在台湾海峡史上大大有名，其一为福州连江人董应举，他是明代后期的进士，仕至工部尚书的高官，退休后长期居于家乡，率领村民筑堡抗倭；沈有容则是明代福建水师参将，他是明朝亲历台湾的将军之一，曾在澎湖列岛劝退荷兰军舰，化解了一场战争。大埔石刻记载他在万历年间擒获69名倭寇的功劳，也是涉及早期中日关系的重要石刻之一，受到台湾方面的重视。1996年，台湾的古建筑

妈祖白犬岛上的大埔石刻是明代的遗迹

专家李乾朗受命规划大埔石刻周边的建筑，他觉得要由一位福建史专家来解释大埔石刻所反映的历史事件，于是请我撰文。当年马祖还未向大陆学者开放，所以，我只能凭李先生给我的照片来写文章，虽说大埔石刻只有41字，周边也没有更多的文物，但没看到实物总是一个遗憾。如今亲眼看到为之劳神数月的石碑，心中颇有感触。马祖的学者也知道我为这一块石刻涉及的历史撰写过四万字的文章，笑说他们今天不讲解了，就请徐教授代劳吧。其实我对11年前写的东西只能记一个梗概，岂能替代他们？马祖的学者非常熟悉当地的文物，我说他们每个人心中都有一本书。台湾学者的风格与大陆学者不同，早年的大陆学者喜欢一窝蜂地研究“大问题”，但又谈不出特点，结果学术成果颇多雷同而少有个性；台湾学者受国际学术界影响很深，注重展示自己独特的研究成果，这些成果可能很小，但除了他之外不可替代，这与大陆学者重视大问题、看不起地方史研究的风格是有区别的。

大埔石刻记载的历史可溯及四百年前，那时因倭寇侵扰东南沿海及日本正规军侵略朝鲜，明朝与日本的关系十分紧张，明朝边防军在朝鲜与日军大战，双方死伤惨重。明朝为了遏制日本势力的扩张，对日本实行经济制裁，不允许日本船只到大陆贸易。这一制裁一直延续到明代末期。中国的制裁使日本市场上的中国商品价格大涨，于是，一些福建人偷运中国生丝、瓷器等商品到日本贸易，换取大量白银，获得暴利。日本人眼看白花花的银子像流水一样进入福建人的口袋，心痛不已，便想打开中国市场，以便直接获得中国低价商品。然而，当时两国之间充满着不信任，福建巡抚派出的商船在日本近海被日本武士打劫，人船无归。日本对中国则采取两面手法，一方面派出军舰试图骚扰中国沿海，另一方面又企图以外交手段打开中日贸易的渠道。万历后期，日本长崎的统治者派出十三只战船南下，企图攻占台湾，不料在台湾海峡遇到风暴，船队被吹散，其中一些船只驶到福建沿海，掳掠为生。听说这一消息后，福建巡抚派出儒者董伯起去福建沿海侦察，不料董伯起被日本人看破，将其俘至日本。在日本方面，由于船队在台湾

大埔石刻

海峡被大风吹散，之后只有少数船只回去，多数船只不见下落，便派出新船到中国沿海寻找这些失落的船和人。这艘船上的日本人早已经习惯了在中国沿海杀人放火的生活方式，到了福建沿海之后，又干起老勾当。福建巡抚得知消息之后，调动福建水师围剿这批倭寇。恰在这时，日本方面又派出一艘船只送董伯起到福州，并想借此机会打通对华贸易的渠道。福建巡抚在福州接见了日本的使者，并责问他们不该图谋台湾。沈有容率福建水师出海后，那艘杀人放火的日本船只在海上遇难，船上所有日本人逃到东沙岛上，即刻被沈有容包围。其时，有人建议水师上岸剿倭，沈有容觉得没有必要再让士卒冒生命危险，他派人到岛上招降陷于绝境的倭寇。这些日本武士一开始不肯投降，后来听说日本使者正在福州，便放下兵器受缚，这就是沈有容生擒69名倭寇的史实。沈有容的幕后支持者董应举为其写诗题赞。大埔石刻让我们知道，其时董应举还专门题字于白犬岛，以纪念沈有容的事迹。

不过这段历史的结局不是很精彩，沈有容将这一战功上报兵部后，非但没有得到奖赏，反而受到冒功的指控。这是因为，就在几年前，有一艘日本的商船在浙江沿海搁浅，船上数百人被浙江的明军当做倭寇全部处斩，上缴倭寇首级数百颗。兵部察看这些首级中竟有妇人与小孩，查出这是一件冒功事件，这些冒功的明军受到了处分。沈有容擒获倭寇的消息传到兵部，也有些妒忌他的人便说这是一件冒功事件，其实这些日本人确实有在闽浙沿海杀人，倒是一批货真价实的“倭寇”。但是当时的倭寇首级很值钱，日本武士视生命如草芥，一旦陷入必死无疑的境地，往往剖腹自杀，所以，虽说明末的明军经常击败日本人，但要俘虏日本人不容易，而明朝给前线军队功劳的赏赐也很大，往往有一颗倭寇首级，可让几个人升官。如今俘获69名日本俘虏，该算多大的功劳？俗语说，功大不赏，历史上朝廷常因无法赏赐大将而将其杀害。明朝的兵部感到无法赏赐沈有容，便故意抹杀他的功劳，说其冒功，但又不给予处分。福建士大夫都为沈有容抱不平，为其申诉。就在公文往返之际，在牢中的日本人发起暴动，杀死看守，后来都被福建官军镇压。日本使者访问福州、力图打开中日直接贸易的努力也因此不了了之。在此同时，福建官府加强对盘踞台湾的海盗的招安，成功后，切实控制了台湾岛。不过，这都是后话了。（福州晚报2008年1月26日A28版）

闽台蛇崇拜源流

闽人古称蛇种，台湾少数民族中也流行蛇崇拜。事实上，中国东南的广大地区都有蛇崇拜现象存在。所以，从很早的时候开始，人类学家便开始了东南的蛇崇拜研究。

一　古代越族与蛇崇拜的关系

在东南区域流传着一个蛇郎君的故事。该故事的梗概如下：古代有一农夫出外遇蛇，被缠几殆。蛇要挟农夫将女儿嫁给他，农夫征求两个女儿的意见，大女儿坚决不肯从命；而小女儿为救父亲，慷慨允诺。于是，蛇挟少女飞去。至一宫阙，恶蛇摇身化为一美男子，即与少女成亲，成立了小家庭。大姐看到妹妹的幸福十分妒忌，便哄骗妹妹到花园中玩，乘其不备，将其推入井中，取代妹妹成为蛇郎君的妻子。后来，姐姐的这一阴谋被发现，被家人驱逐。妹妹重返家园，过着幸福美满的生活。这一故事流传于福建、广东、浙江、广西等地，在台湾也有发现。有人一度以为蛇郎君故事是台湾独有的，实际上，早在民国时期，人类学家方怀我先生在对东南民俗的调查过程中，就发现了《蛇郎君故事》。因闽、浙、赣、粤诸省恰好是古代越族居住的区域。因此，人们都认为：《蛇郎君故事》是远古越文化的孑遗，彼时的越人应是崇拜蛇的。这一结论逐步被新的文字与考古发现证明。在以上东南数省的新石器器物上，人们曾发现许多几何状态的花纹，例如三角形、菱形、锯齿形等等，古人是从何处得到这些花纹的启示呢?近年陈文华的《几何印纹陶与古越族的蛇图腾崇拜》 提出:这些花纹都类似蛇皮的花纹，古人在常用器物上绘上这些花纹，表明了他们的图腾信仰——蛇崇拜！这一发现令人深省。过去被人百思不解的器物纹饰，终于得到了合理的文化阐释。而它的广泛存在，则证实古越人蛇崇拜的广泛性。实际上，对于古越人的崇蛇习俗，古人是以然于胸的。《吴越春秋·阖闾内传》首内，示越属吴也。”诸越中，又以闽越最为崇蛇。汉代许慎的《说文解字》阐释“闽”字，直截了当地说“闽，东南越，蛇种。”古代越地潮湿、闷热，是蛇类动物的天堂。以福建武夷山区为例，生物学家发现:在这里亚热带雨林覆盖的山谷，每平方公里蛇的密度会达到一万条以上!至今闽北农民走山路都要随身带一条竹棍，时时拨草惊蛇，以免被蛇咬中。我曾在闽北农村住过三年，听得最多的是蛇的故事。生活在这种蛇文化氛围极浓的环境里，我们深深感到闽北乡民对蛇敬畏交加的心理。在古代，古越人所处的环境当然比现在更为严峻，那么，他们对蛇产生一种莫名的、恐惧的、乃至上升到无限崇拜的心理，是可以理解的。《史记》、《汉书》说到越人的断发文身习俗，是这样解释的："常在水中，故断其发、纹其身，以像龙子，故不见其伤害也。""龙子"，即是蛇的雅称。越人在身体绘上类似蛇皮的花纹，这种习俗无疑表明了他们的图腾——对蛇的崇拜。

古代越地也包括台湾岛。早在战国时期，即有"内越"与"外越"之说，那么，"内越"与"外越"究竟在何处呢?据著名学者蒙文通先生的研究，"内越"是指现在大陆东南沿海四省的越地，而"外越"则是指台湾岛的越族移民。大约是在战国前期，楚王攻灭越国，越地被楚国吞并，越族散入南方各地，形成"外越"与"内越"。其中，来到闽、赣、粤、桂诸省的，即是"内越"，而移居台湾岛的则被称为"外越"。这一说法也可得到文献的证明。据《台湾通史》等书，台湾亦有大陆常见的"越王台"之类的遗迹。而民俗学者的调查也证明:台湾有一部分原住民的文化类似古越人。以崇蛇习俗来说，台湾高山区域的排湾人、泰雅人、鲁凯人、布农人都流行这一习俗。《隋书·东夷传》云："流求国居海岛之中……妇人以墨黥手为虫蛇之文"。这一习俗至今保留在台湾泰雅人及排湾人中。泰雅人承认:他们的纹饰是从蛇纹得到启示的。而排湾人直承他们纹身图案中的曲折型、锯齿形、叉型、网型是从百步蛇身上的三角形纹变化而来的。其次，排湾人传说:人的祖是一种灵蛇，灵蛇化身为男女二蛇神，繁衍了排湾人。

因故，在排湾人及鲁凯人的宗庙里，必有祖先与蛇的雕像。有的人像与蛇雕融为一体，表示人蛇不可分；有的人像上戴有蛇的装饰，表明他们以祖先的威灵来增加自己的身份。实际上，在排湾人的日常生活器物上，诸如屏风、木枕、木箱、木楠、烟斗、水盾、刀柄、刀勒、陶壶上，大多少不了蛇的雕饰。可见，台湾原住民对古越文化的保留，远胜于闽中。总之，台湾蛇文化亦是古越蛇图腾崇拜的遗迹。

二　八闽蛇王宫与越人蛇崇拜的延续

闽人建筑蛇王庙的历史悠久。西晋干宝的《搜神记》一书内，已提到闽中有祭蛇的庙宇：“东越闽中有庸岭，高数十里，其西北隙中有大蛇长七八丈，大十余围，土俗常惧。东冶都尉及属城长吏，多有死者。祭以牛羊，故不得福。或与人梦，或下谕巫祝，欲得童女十二三者。都尉、令长并共患之。至八月朝祭，送蛇穴口，蛇出吞啮之。累年如此，已用九女。”有一年至祭蛇之期，东冶都尉征购女童祭蛇，有名为李寄的女孩应募。她被送至一座庙宇中，待蛇来吞噬。这一庙宇，即为专门祭蛇的神庙。东晋南朝时期，闽中尚未开发，故有许多落后的习俗。不过，从某种角度而言，这种习俗并非不可理解的。以人祭蛇的习俗十分野蛮，但从古代世界盛行人祭习俗来看，这又是不难解释的了。古巴比伦国王死去，生殉者六十余人，而殷墟出土的殷王大墓，殉葬者常达数百人。古人祭神所用牺牲是有等级的，“人”无疑是最高级的祭品。以人祭蛇，正表明古代闽人对蛇神的重视——由于他们视蛇为其祖先——图腾神，所以，他们才以人祭蛇。人祭是蛇崇拜的最高形式。

必须说明的是，古老的“以人祭蛇”习俗在福建一直残存至宋代。在古人的文献中，尚可看到一些有关故事:道光《建阳县志》记载：“妙高峰下旧有横山王店，相传祭时必用童男女，否则疫。”这横山王并不是蛇王。然而，当地人认为:该庙久被蛇妖窃据，因而以童男女为食。南宋洪迈所著《夷坚志》记载:有一个闽北人到沿海买一女子，欲以之祭蛇，后被官府破获。这些事实表明:这一古老而野蛮的习俗在历史上曾顽强地存在，直到很久之后才被革除。

至于祭蛇的蛇王宫，它在福建的延续当然要远远超过人祭习俗。至今为止，八闽各地多有蛇王宫。例如，在闽西长汀县西门外罗汉岭有一座著名的蛇王宫，于三十年代被厦门大学林惠祥教授发现。其文物今存厦大博物馆。又据《长汀县志》记载：该县平原里溪边亦有一座蛇王寺；类似的蛇王宫尚见于:南平、福清、连江、平和、古田等县。这些蛇王宫内大多有“蛇王菩萨”的塑像，而有些庙宇中甚至养了许多活蛇。清吴震方《岭南杂记》云：“潮州(广东闽语区)古蛇种，其象冠冕南面，尊曰游天大帝。龛中皆蛇也。欲观之，庙祝必祝而后出之。盘旋鼎饱问，或倒悬梁像上，或以竹竿承之。蜿蜿纠结，不怖人亦不整人。长三尺许，苍翠可爱。闻此至梧州而来，长年三老尤敬之。凡祀神者，蛇常息其家，甚有问神借贷者。川余人粤游子东莞，偶行市中。见有门施彩艘，内作鼓乐者。5复童男女杂沓于门，语你离嘈嘈不可辨，而入者咸有惊异非常之色，出者如螃礼天帝庙庭，退而不忘端肃之状，心窍怪之。随众而入，见庭中铺设屏障，几案中梅组甚备，香烟郁郁，灯火荧荧，执乐者列两旁，鼓吹迭奏，必上供一磁盎，盎中小树数株，有一青蛇蜿蜒升降于树间，长不及尺，大不逾指，一身两头，项相连，四日二口，两舌并吐，绿质柔扰，主人鞠躬立案左，出入以次膜拜。苟越次不整，主人正色约束，皆唯唯惟命。”这也是福建古代蛇王宫的写照。

在今日福建的蛇王宫，这种习俗已很难一见。多数蛇王宫只有蛇王塑像，而没有活蛇养殖。但是，福建博物馆的同志在南平樟湖板镇却发现了规模浩大的蛇王游神活动。樟湖坂是闽江中游的一个重镇，在以水路运输为主的古代，转埠航运较为发达。而该镇码头附近即有一座名为“连公庙”的蛇王庙，当地百姓每年七月初七为“蛇王菩萨”做诞辰。至期，当地入抬出菩萨像，每个人都身缠一条蛇游行；胆大者让蛇在身上四处游走，并做出各种姿势。据载，这一习俗至少在明代已存在于该地。明人谢肇浙的《长溪琐语》云："水口以上有地名朱船坂(即樟湖坂)，有蛇王庙。庙内有蛇数百，夏秋之间赛神一次。蛇之大者或缠人腰，或缠人头，出赛。"当地人对蛇有一种特殊的亲切感。尽管赛神时当地人以蛇缠身出游，但是，这些野生蛇却十分温驯，从不咬人。而游神结束后，当地人选出一条最大的蛇送至山中，其余的蛇放生于闽江中。这种敬蛇习俗也存在于闽江流域的许多地区。比如，闽侯上街乡的后山村，曾有禁演电影《白蛇传》一事，而闽北的许多乡村，都有杀蛇之忌。这都说明古老的崇蛇习俗在闽人的历史上若隐若现，至今在福建各地仍有保留。

三　蟒天洞府与三使的传说

闺人的崇蛇文化不仅存在于习俗中，也存在于民间故事里。明代福州学者徐勃所著《榕荫新检》一书记载："唐僖宗时，福清黄蘖山有巨蟒为祟。邑人刘孙礼妹三娘，姿色妖艳，蛇摄入洞中为妻。孙礼不胜愤恚，誓必死之。遂弃家远游，得遇异人，授以驱雷秘法；归，与蟒斗。是时，其妹己生十一子，孙礼杀其八；妹奔出再拜，为蟒请命，孙礼乃止。其后三子为神，曰:九使、十使、十一使。闽中往往立庙祀之。" 在《闽都别记》第85回也记载了这个内容大致相同的故事，仅是增补了刘孙礼上奏天庭，为其外甥请封等情节。三使的庙宇在福州民间被称为“蟒天洞府”，在福州郊区保留不少。我在连江城关绿茵村的品石岩附近看到一座小庙——即为蟒天洞府。庙中主神是一壮年男子，长须，着王服，王像上横披是“蟒天洞主”。主神像的左侧有三尊小型神像，题名为九使、十使、十一使，我问庙祝：“他们的排行为什么这么靠后?前面八使去哪里了?”庙祝答云：“前八使跟人打架，被打死了。”将这一回答与刘孙礼的故事相比，可确定这一小庙即为刘孙礼故事中的角色——蛇精三使的庙。在福州民间传说中，三使已是正义之神，他们在民间巡逻，铲除草木精怪——乃至蛇怪。《榕荫新检》中还有一则故事：“国朝侯官县高盖山亦有一蟒，山下有齐姓百余口，世受其毒。凡娶妇者，合卺之夕，婿必他宿，以让之。次夕，乃敢成婚。嘉靖初，有一妇先知此事，乃令人祷于九使庙。密怀利刃以往，比至其家，果见白衣少年入室，随有金甲人追逐。妇遂遮刺之。少年失声而走。明日，有蟒死于山中，其怪遂绝。”在当地人看来，这位妇女能战胜蛇精，是得到九使保佑的缘故。由于蛇精为善神而且灵验，所以老百姓多愿祭祀之。以故福州四郊江边山隅，常可见到“蟒天洞府”之庙。

在现代科技飞速发展的今天，福建作为国内商品经济与文化较发达的区域，竟局部保留了极为原始、古老的蛇崇拜，这无疑是一种奇怪的文化现象。若直言无晦地说：它的存在，反映了古越文化在闽人心中尚有一定的地位，尽管闽人总是说自己是河南的移民，实际上，他们的文化每每告诉我们：古越人之血缘仍给他们深深的影响。（《福建民族》1996年第3期）

福建、台湾与南太平洋海洋文化的起源

南太平洋玻利西尼亚人以独木舟为航海工具的海洋文化，一直是研究世界海洋发展史上的一个谜。近来的研究表明：这一文化起源于福建与台湾的沿海区域。

人类最早的航海是以独木舟为航海工具的。据本世纪初的历史学家埃利奥特·史密斯所著的《早期文化的移动》，在新石器时代，从地中海到印度、到中国的沿海、到墨西哥、到秘鲁，存在着一种环绕地球的“日石文化”，它的存在表明：早在四五千年以前，人类便能以独木舟与木筏为航海工具，进行跨越海洋的航行！尽管这种环绕地球的航海航行与麦哲伦的环海航行是不一样的，麦哲伦的船队是一次性环绕地球一圈，而古代的独木舟居民并非有意地环绕海洋航行，他们是一代人接一代人地在海上渔猎探航，不知不觉地将他们的足迹印上了航绕地球的航线。不过，从他们的航海工具来看，这仍然是一个非常了不起的海上航行。因为，早在四五千年以前，人类只有独木舟用于航海啊。

用独木舟进行跨越太平洋的航行，如果不是有人亲眼见

到，那是绝对不会有人相信的。但是，南太平洋的玻利尼西亚人却一直是这样做的。南太平洋是人类分布最稀疏的地区之一，在辽阔的大洋上，北起夏威夷群岛、南至新西兰、东至复活节岛，仅有一些面积不大的岛屿，其间隔着数千里的距离。这些岛屿上生活着波利尼西亚人这一岛屿民族。玻利尼西亚人以独木舟往来于大洋之间，美国人类学家惊奇地发现，太平洋中部的夏威夷人与远隔万里之外的新西兰土人能够直接对话，在南太平洋的西部，还有密克罗尼西亚人与美拉尼西亚人等岛屿民族，他们的生活方式与语言都与波利尼西亚人相近。说话，这说明他们有一个共同的祖先，可是，诸岛之间相隔数千里至上万里，实在难以想象：他们是怎样往来于大海之间的。

美国人类学家的进一步研究表明：玻利尼西亚人是优秀的航海家，虽说他们不懂风帆的利用，但他们以独木舟为工具，自由地往来于浩瀚的太平洋。被一切航海民族都视为畏途的跨洋远航，竟被他们以独木舟这样简陋的工具实现，这是人类航海史上真正的奇迹。其困难的程度，不亚于现代人的星际航行。他们是怎样实现这一奇迹的呢？据载，波利尼西亚人对大海的潮流极有研究，他们从海面水流的纹路，可以得知潮流的方向，并利用潮流，来进行他们的海上航行。他们发现：水中的礁石可以影响潮流的流向，同样，潮流方向的变异，也可以说明礁石准确的位置，因此，他们可以通过对潮流的分析，得知数百米外水下礁石的位置，为了判断的准确性，他们经常下到海里，亲身体会潮流方向的细微之别。将这一技术扩展，应用于茫茫大海上，他们便具有了超视距岛屿研究的能力，他们可以通过对所在岛屿附近海流的研究，得知数百公里以外岛屿的位置，推而广之，进一步知道数千里外的岛屿位置。玻利尼西亚人对海外世界有着世代相延的兴趣，他们总想知道海外世界有什么人在生活？为了这一点，他们不惜乘独木舟向海外航行，他们明知道这一去将遇到无法估测的风险，这一去将永远无法返回故乡，但他们仍然满怀信心地驶向远方。这样一代接一代人的远航，使他们分布在辽阔的太平洋诸岛。

玻利尼西亚人的文化是典型的海洋文化，他们生于海岛，长于岛上，他们的食物来自海洋，一生都在海洋上生活。据说，每当玻利尼西亚人新的婴儿出生，他们都要带婴儿来到海上，举行一定的祈祷仪式，表明他们已将自己的新一代交给了海神，祈望海神保佑他的一生，他们是真正的海的儿子。

由于玻利尼西亚人文化的特殊性，世界人类学家都在关心玻利尼西亚人的来源。解答这一世纪之谜的是早期中国人类学家——林惠祥，他对亚洲东南部石器文化的研究表明：约在四五千年以前，有一支海洋蒙古人种从中国东南大陆向东南方向迁徙，他们约从当今的福建、广东来到台湾，再从台湾南下，来到菲律宾群岛，然后不断南下，散布印度尼西亚群岛，而在新西兰等南太平洋岛屿，也可看到这一文化的踪迹。她的代表性器物是“有段石锛”。所谓“有段石锛”，又称“有肩石锛”。石锛是一种古人用的农具，功能相当于锄头，但其质地是石头，比较笨重，是一种原始农具。石锛是新石器时代典型的器物，散布于许多原始农业萌芽的区域。而中国东南区域石锛的特点在于：为了给石锛装木柄，古代农人有意在石锛上部做一个肩，这样，就能将古锛牢固地绑在木柄上。有段石锛的分布，从中国东南部开始，东及台湾岛，南及菲律宾群岛、印度尼西亚群岛及马来半岛，创造这一文化的主人，也是海洋蒙古人种——今称马来人。根据这些文化遗迹，美国人类学家最新的推测是：他们发源于台湾岛，然后向南不断行进，逐步分散于南太平洋诸岛。我们知道：在中国的沿海，一直生活着一支号称“游艇子”的海上漂流民族，他们的后代，被称为疍家人。南太平洋诸民族，与闽台沿海的疍家人，应有一个共同的祖先。（《炎黄纵横》2000年6期）

疍家人与古代闽台的海上联系

西方史学家曾经认为：中国人是不善于航海的，因此，尽管台湾离大陆很近，但中国人直到明朝的时候才知道台湾。其实，这是一个误解。如果我们将视野关注于自古以来生活于台湾海峡的疍家人身上，我们就可知道：福建地方的土著居民一直与台湾有密切的联系。

疍家人即为福建、浙江、广东沿海一带的水上人家，在清朝以前，他们是三省沿海的贱民。尽管清雍正年间，朝廷有明令不准歧视水上人，但在三省沿海一带，对疍家人的歧视仍然是十分严重的，岸上人不准他们上岸居住、念书，并冠之以“曲蹄秧”的贬称。但从文化人类学的角度而言，他们是中国海洋文化的主要继承者之一，也是汉民族的来源之一，是他们将海洋文化带给了汉民族。

文献当中最早的疍家人记载，始于唐代写作的《隋书》，《隋书》的杨素传记载：隋朝大将杨素领兵南下灭陈，由于隋朝的政策不当，次年，陈国境内的南方豪强纷纷起兵反抗，其中有两支是起兵于浙江境内的高智慧与起兵于福建境内的王国庆。为了镇压南人的反抗，隋朝不得不让杨素再次领兵南下，经过残酷的战斗，杨素终于击败高知慧，高智慧退入福建境内，依靠王国庆，王国庆失利后，便想入海投靠生活于海上的“游艇子”。杨素了解这一消息后，便派人游说王国庆，令其斩高智慧而降于隋军。这是游艇子第一次见载于史册。据其所载，游艇子有五六百家，漂流于福建沿海，以船为居，不隶属于任何政权管辖。此后，宋代的《太平寰宇记》第102卷也记载“游艇子”的历史。该书将游艇子与晋代的孙恩、卢循起义联系在一起，称游艇子为卢循的余部。

孙恩、卢循是晋代五斗米教的领袖。他们率部在江南起义，初战失利后下海，占领海岛为根据地，浙江、福建、广东沿海，都是他们主要活动的区域。孙恩死后，卢循代领其众，拥有战船数百艘，一度攻抵南京城下，使东晋的统治彻底动摇。卢循失败后，他的余部继续活动于闽浙沿海，这是可以理解的。当然，另一种解释可以是：孙恩、卢循主要在海上活动，得到了沿海原有的水上人家的支持，他们大批参加卢循的水师，所以，这些水上人家最终被称为卢循之余。

据史册的记载，唐宋的疍家人主要在闽浙交界的白水江一带，故称白水郎，白水二字竖排，即为“泉”字，有些古书称之为“泉郎”。对于疍家文化，我们极感兴趣的是：他们最早被称为“游艇子”，说明他们最早的航海工具是“艇”，在汉文中，艇，即是小船。1975年，在福建连江县境内鳌江下游距入海口十公里处，出土了一艘古代独木舟，据报道，这艘独木舟舟体长7.10米，前宽1.10米，残高0.86米，两舷由前向后斜起，最高处为0.60米，舟首翘起0.22米，尾部略呈平圆。舟内结构，距离首部1.80米处的两侧，有对称凹槽，可以放置横格板，供放置东西或给人乘坐。凹槽后1.93-2.80米处的底部，凸起一切下长0.83米、上长0.70米、下宽0.49米，上宽0.40米，高0.22米的木座，估计是划桨人的座位。没有橹位或摇橹的痕迹。连江位于福建沿海，一直是疍家人活动的区域之一，这只小艇两头翘起，很可能就是两千年前疍家人所用的船只。

疍家自古以来即生活于闽、浙、粤三省的沿海，他们以船为家，漂泊于沿海河流各地。在中国古代，疍家人一直被南方陆地民众视为贱民，但从海洋文化这一点来看，疍家人才是中国历史上最伟大的海洋民族，也是世界历史上极为罕见的海洋民族。他们不像大多数民族一生主要生活在陆地上，而是以船为家，以海为家，对这种生活方式，我们只能以伟大这一词来形容。要知道闽台的海洋是风暴的海洋，每年夏季，都有十余次台风经过台湾海峡。台风的风力一般都在十级以上，有的十二级强台风，风速达每秒百米以上。台风中心所过之处，房屋塌倒，大树连根拔起，海面上巨浪滔天。生活在闽台沿海，每当台风季节我常会想：古代的疍家人是怎么在这种海面上生活的？他们用什么办法抵抗淘天大浪？其次，从其生活方式来说，他们才是真正的海洋民族。西方历史上所谓的海洋民族，诸如腓尼基人、希腊人，他们实际上不过是住在海岸上，偶尔参加海上航行而已。如果这样的民族都自称是海洋民族，那么该用什么词来形容疍家人？实际上，在世界历史上，我们还找不出另外一个民族，把自己的一生完全交给大海，在海洋上生活，在海洋上成长，一生的大多数时间离不开海洋。近代的所谓“海洋民族”，其实都是以陆地为生活的基地，以大海为谋生的场所，他们不管在海洋生活多久，最终都是要以陆上的财富与荣誉来体现自己的价值。一个英国人可以闯荡四大洋，但他们的心理，还是想回归英伦三岛。只有疍家人才是真正的以海为家。在六朝时期，闽、粤、浙三省的海岸，基本没有人居住，如果他们要登岸居住，根本没有人阻挡。问题在于：他们在陆地上，感觉不到漂泊海上的自由，即使偶尔在岸上搭住蓬寮，也只是暂时的驻足。

从疍家人的历史与生活方式我们知道：他们是台湾海峡最早的居民之一，早在一千五百年前，他们往来于台湾海峡如履平地，要说他们没有去过台湾，简直是天方夜谭。台湾考古学家于近年在台北发现了“十三行文化”，出土的一些精美的金属制品表明：唐宋元以来，台湾的土著与大陆，一直有贸易往来并非像外国人想象的那样——台湾一直是与世隔绝的。直到明末，荷兰第一次发现了台湾，称之为“福摩萨”。从当时的形势看，沟通台湾与大陆贸易的，应当是漂流于台湾海峡的疍家人。

疍家人在南北朝时期一直是独立发展的，直到隋朝才与官方发生关系，唐朝建立后，其势力逐步伸展到福建境内，而在其时，游艇子的首领，自动接受了唐朝的统治，其首领被封为唐朝的地方官吏。这样，这些海上人家与陆上人家的交流越来越多。他们的生活方式也开始发生重大变化，有相当一部分人向汉族学习农耕，成为陆上定居人家，有些家族还参加科举考试，成为当地有名望的家族。所以说，疍家人其实是沿海福建汉族的重要来源之一。其中只有一部分人仍然保持水上生活方式，我们称之为疍家。这是今日疍家人的来源。其实，据疍家人自己的传说，他们与岸上人本是一家。五十年代给疍家人确定民族性时，曾有考虑将疍家人定为一个少数民族，但他们坚持不肯，自认为汉族的一部分，从其发展历史来看，这是有道理的。

疍家人对汉族最大的贡献在于：他们将海上的生活方式带给汉族。汉族人发源于中原，原来不懂航海，在融进疍家人之后，才获得了海上航行的自由。福建人很早就自由地往来于台湾海峡两岸，这与福建人继承了疍家航海文化是有关的。

（《炎黄纵横》2001年3期）

《临海水土志》与闽台的风俗

三国时期，吴王孙权于黄龙二年(公元230年)，派遣将军卫温、诸葛直率甲士万人，向海外远航，他们的目标是海外的夷洲、亶州。夷洲即为今日的台湾岛。史册记载，吴国的军队在夷洲登陆，俘虏当地土著数千人而还。这是中国历史上一次著名的航行，也是中国政府第一次将上万人的军队派上台湾岛。在此之前，两岸的民间已有来往，但只是在这一次大规模的军事行动之后，大陆的民众才对台湾有更深的了解。

吴国晚期，吴国的一个名叫沈约的官员作《临海水土志》，其中记载了夷洲的民俗。他说："夷洲在浙江临海郡的东南方向，离郡城有两千里之遥。夷洲终年没有霜雪，草木长绿不衰，四面是山，山顶有越王射箭的靶子—— 一块白石。夷洲有许多部落，称呼民众为"弥麟"。酋长家中有一根长达十余丈的大木，木头中间被挖空，每次聚会时，酋长用大杵击木，声音可传播四到五里远。部落民众听到击木声，都前来聚会。夷洲能出产铜铁，但他们的武器是用鹿角做的长矛，用磨砺的青石作箭矢、刀斧。夷洲人用骷髅制作假面，骷髅上甚至有用狗毛染成的眉毛和鬓发，每次战斗之后，酋长都要将猎获的人头挂在庭园中的大木上，以显示自己的武功。

夷洲的男女都剪头发，男人戴耳环，女人没有耳环。他们的房子四周围绕着荆棘，用作围墙。夷洲的土地非常肥沃，种植五谷。夷洲人能作细布，亦名班文布，布上有花纹，很漂亮。夷洲人爱吃盐腌的食物，他们将鱼肉放在一个大瓮中，撒上盐巴，放置一个月以后再食用。夷洲人饮食时，围着一个大木槽共食。以粟为酒，木槽贮之，用一支七寸长的大竹筒吸饮。男女结合时，男子到女家居住，同牢而食。女性婚嫁时，都要敲去上腭前面的一颗牙齿。

依据这些材料，许多专家指出：当时夷洲的习俗与清代的台湾番族有许多相似之处，例如：凿齿、猎头、剪发、呼民为“弥麟”，所以，多数人都承认：台湾番族的祖先是夷洲的夷人。此外，我们注意到的一点是：《临海水土志》描写的习俗与闽人的习俗多有相似之处。其一，喜欢吃盐腌类食物，这是江南以至闽地的共同习俗；其二，以鱼肉与盐制成调料，闽人称之为虾油，在柬埔寨一带，当地人每年都要以鱼肉制作虾油，每天吃饭时，一家人席地围坐，都要以虾油配餐。民间的俗语云：只有一同吃过虾油才算一家人。闽人至今好吃虾油，这一习俗应是古代东南亚共同习俗的遗留；其三，凿齿，至今闽中女子出嫁后，要将两颗犬齿镶上金银，称作金牙，这一习俗是古代凿齿习俗的孑遗；再者，福建惠安一带流行结婚女子长住娘家的习俗，男女成婚之后，各自住在父母家中，每逢节日，男方去女家一会，数年后生子，女子才能堂堂正正地进入男家。这一习俗，与夷洲人有相似之处；其四，炼铁。夷洲人能炼铁，既有文献《临海水土志》的记载，也有十三行出土的文物、遗址可作证明。炼铁是较高级的手工业技术，它应是从大陆的越人中传去的。此外，夷洲人呼民为“弥麟”，而弥麟正是“闽”字的反切，反切即为今人的拼音，我们将弥麟二字急读，便是“闽”，所以，这等于呼民人为闽，可见，夷洲人与闽人有密切的关系。有的学者推测：夷洲人曾受古代越人文化的影响。秦汉时期，从长江口到中印半岛的东南沿海，都是百越民族分布地，在浙江一带是于越，在闽中是闽越，在岭南是骆越，于越是勾践的故国，战国时期越国灭亡以后，其子孙逃于江南海上，或为王，或为君，其中，来到闽中的闽越人，在汉代成立了闽越国，向汉朝进贡。古代的闽越国应与台湾有来往，所以，台湾的山地会有越王射箭的遗址。蒙文通先生甚至认为台湾即为外越，向南迁徙的越人中，有一支来到夷洲，便是史册上所说的“外越”。不过，汉代闽越人的文化明显高于夷洲人。从武夷山汉代遗址的发掘中知道：当时的闽越人已能炼铁，他们用铁铸犁，并能使用牛耕。闽越人的宫殿十分壮观，也不是夷洲人所能比拟的，因此，夷洲人肯定不是越人的直系后裔。我们发现：十三行出土文物表明：夷洲有一些文化成就明显超过了当地土著的文化水平。例如：夷洲人能够炼制铜铁，但他们主要的工具仍以木石工具为主。铜铁在他们的社会中并没有产生巨大的作用。合理的解释是：当时闽中的越人与夷洲的夷人有贸易往来，有一些人甚至迁徙到夷洲定居，他们带去了先进的技术，但是，由于他们人数较少，对当地的社会没有产生决定性的影响。

由此看来，闽中与夷洲的来往可能更早一些，早在新石器时代，民众即以独木舟往来于海峡两岸。其中可能有些部落相互迁徙到对岸居住，因此，两岸民俗颇有相似之处。甚至民众的称呼都相近，或是“弥麟”，或是“闽”，反映了两地民俗的一致性。（《炎黄纵横》2000年5期）

隋炀帝发兵流求与早期台湾

隋炀帝在中国历史上是被列入另册的异类皇帝，但他也是一个具有国际视野的皇帝。当其在位时，曾派出了隋军远征四方，除了讨伐高丽之外，他的军队向西打到中亚，向南打到越南南部的林邑，在东方，隋炀帝派出的一支军队来到东海边际的流求国。灭亡流求国之后，炀帝的大将陈稜、张镇周将俘虏的流求居民数万户带到大陆，其中有五千户左右被安置于福清半岛的福庐山下，《三山志》称之为“夷户”。这是福建和台湾历史上的重要事件。

要说清楚这一事件，还得从南朝陈国的历史说起。中国自西晋“八王之乱”后，经历了四百年左右的战乱，最后形成了北方的隋朝和南方的陈朝。隋文帝于公元589年发兵南下，消灭了陈朝，但在福建、浙江境内遇到了一支名为“游艇子”的海上武装反抗。隋朝大将杨素颇费一番手脚，才将这支海上武装收归己有，于是，隋朝建立了中国第一支海上军队——“海师”，这是中国海军的起源。

隋朝海师有一名将领，名叫“何蛮”。何是著名的福建八姓之一，“蛮”是当时北方人对福建土著的称呼，“闽”“蛮”两字互通，早在《周礼》一书中就有“七闽八蛮”之称。由此可见，这位海师将军可能是福建当地人。何蛮常年在海上航行，他发现：每年春秋时分，建安郡（当时的福建，郡治在福州）东方的海面上就会有规律地升起烟雾之气。隋以前的福建流行“火耕水耨”的耕作方式，这种耕作方式后来仍然保留于福建山区。所谓“火耕”，就是放火烧山，将青山烧成一片焦土，然而在春雨中播下粮食种子，烧过的草木灰成为作物的肥料，因而，火烧地的庄稼往往长得很好。从今人的眼光来看，这种生产方式过于粗放，浪费能源。但对人烟稀少的古代福建来说，要在林木茂密的山林中开辟一个生活的空间，放火烧山是最好的方式。由于这种习俗流行于隋代的福建，所以，何蛮判断，远处海面的烟气一定是人类活动造成的。它说明在不远的海上，一定有一座有人类活动的岛屿，岛上的人每年都会进行农业耕作，所以会产生烧荒的烟雾之气。

隋炀帝是一个好大喜功的人，他派出身边的军官到各地搜集异域信息。其中羽骑尉朱宽被派到浙闽海疆。于是，何蛮便将海外有人烟的消息告诉了朱宽。两个年轻人在一起合计一番，便行动起来，他们乘船向东航行，不数日来到流求国。然而双方语言不通，“鸡同鸭讲”，忙了大半天，还是不懂对方说什么。朱宽怕无法向皇帝交待，便悄悄地捉了对方一个人，

宋代东震旦地图中的流求

返回建安郡。这是大业元年的事。朱宽将这人带到朝廷后，隋炀帝十分感兴趣，炀帝自认为是天下的主人，便让朱宽将此人送回流求国，企图让流求派出使者到隋朝来进贡。

这一次，朱宽作为正式的使者抵达流求国，但他在途中肯定没有招待好这位流求人。所以，这位流求人回到国人中以后，不知说了什么，流求国坚决拒绝向隋朝进贡。碰一鼻子灰的朱宽只好将此事原委汇报隋炀帝。隋炀帝一怒之下，决定派遣陈稜、张镇周率领万余人的大军征讨流求。大业六年，隋军的舰队抵达流求。流求人看到海边来了一支大船队，还以为是来做生意的，纷纷拿出食物向船队之人换取铁钉等日用品。当他们的生意做得正高兴时，隋军翻脸了，全副武装的隋军向措手不及的流求人杀去。流求人退到深山才组织起有效的抵抗。不过，那时的隋朝军队战力强悍，他们身着铁甲，手执利刃，箭失像雨一样向对手飞去。而流求人的装备，不过是一些普通的矛和短小的弓箭，其中有铜簇的箭头都不多。因而流求人射出的箭，很难杀伤隋军士兵，他们只是凭着险要的地形阻挡着隋军。经过一番苦战，隋军终于击破流求人的防守，攻克城寨，俘虏了大批流求人，然后返航大陆。

关于隋军俘虏流求人的数量，《隋书》各章的记载不同。《炀帝纪》说是17000口，《食货志》说隋军将领张镇周俘虏数万流求人，而陈稜传记载隋军俘虏流求人数千，另有关朱宽的史料记载，朱宽俘虏的流求人仅男女千人而已。因而后人对《隋书》的记载十分迷惑，不知哪个数字是准确的。其实，这是不知古代的制度。古人评各个将军的军功是非常务实的，就是清点献上的人头及俘虏数量。因此，每个将领对自己的俘虏都控制很紧。张镇周因是打前锋，所以战功最大，他的俘虏可能有数万；而陈稜作为主帅殿后出击，俘虏就只有数千了。至于羽骑尉朱宽，他的职务仅是一个从九品的小官，他的任务应是引导隋军的进攻路线。所以，他所带兵力不多，能俘虏千余人作为自己的战功，已经是不错的了。此外，流求国产粮不多，隋军在异地生存是十分困难的，其俘虏更为困难，所以，隋军虽然俘虏流求人数万，最终将其带到大陆来的，不会很多。最终隋炀帝给诸将核实战功时，其数量是17000人。这是合理的。

据何乔远《闽书》的记载，福清半岛的福庐山下，安置了隋代流求移民五千户。又据《三山志》一书，宋代福清县的沿海尚有“安夷北里”、“安夷南里”之名。隋唐的“里”是基层乡村组织，相当于后世的“乡”。一个普通的农村乡里被称为“安夷里”，这说明当地确实安置过海外来的“夷人”。这也证明《闽书》的记载不误，隋代的流求人的确被安置于福清的沿海。其实，查核长乐县志等书，其地原来都曾有过“归化里”之类的名字，那也有可能是安置流求人的地方。隋朝的建安郡，总共只有12420户民众，所以，从流求移民而来的人口对福建人口的增长有重要意义。

福庐山下的台湾移民

福清县的福庐山位于福清半岛之上，山下是明代名相叶向高的家乡。就当地人的族谱而言，当地居民都是来自北方中原地带。可是，从新发现的史册记载来看，实际上当地人中有不少是隋朝台湾移民的后裔。

继吴国派兵去夷洲之后，迄至隋朝大业年间，大陆上的水师再一次来到台湾。《隋书》记载：大业元年，海师将领何蛮等人每逢春秋二季天清风静时，向东望去，依稀有烟雾之气，好像是陆地，约有几千里之长。于是，隋炀帝派遣武贲郎将陈棱、朝请大夫张镇州率领海师，从义安出发，航海五日，来到流求国，掳其民数千人而还。关于流求国的方位，《隋书》记载，“流求国居海岛之中，当建安郡东，水行五日而至。”《隋书》的义安郡，即今日广东的潮州，其辖地除了广东东部的潮州及梅州之外，还包括漳州南部的绥安县。隋代的绥安县是一个大县，其县治在今漳浦县境内，今日漳州的平和、诏安、东山诸县，当时都属于绥安县。而建安郡的郡治，即为今天的福州市。它的管辖地相当于大半个福建省。这一流求国距福州只有五天的水程，而隋军赴流求国时特意从南部的潮州出发，从方位来看，流求国应在台湾岛的南部。当然，关于这一点，学术界是有争议的。日本的一些学者提出：隋军所到的流求国，即为今日冲绳群岛。另外一些学者将《隋书》记载的流求习俗与三国时沈莹的《临海水土志》比较之后，认定隋代的流求是台湾。其实，台湾与冲绳之间有岛链相连，土著往来相当方便，以故，冲绳与台湾的土著居民的风俗颇为相似，大陆人也将它们当做一个地方，隋代的流求，即包括台湾，也包括冲绳，隋军兴师动众抵达海外，应当是既到了冲绳，也到了台湾。

隋朝掳掠流求民数千之众，将其迁徙到大陆，回想吴国时期，吴王孙权也曾派军队到夷洲去掳掠人口，这是为什么？应当说，这与当时大陆南方人口较为稀疏的背景有关。

从两汉三国历晋、宋、齐、梁、陈，迄至隋朝，中国文明的发展主要在中原地区——也就是黄河中下游地区。虽说此前秦皇汉武拓地至岭南、闽中等边远地区，但这些地区的人口一直很少，据《汉书·地理志》的记载，西汉时统辖今广东地区的南海郡仅有6县，共19,613户、94,253人，而统辖今浙江与福建的会稽郡，也只有26县，共计223,038户、1,032,604人，其中，辽阔的闽中仅设一县——冶县，可知其人口极为稀少。闽中与台湾隔海相望，在历史上有密切的关系，对其人口较少的原因，这里要多交待几句。闽中原为闽越族居住区域，秦设闽中郡，汉设闽越国，在汉代初年，闽越国曾是一个较强的国家，对汉朝产生一定的威胁。汉武帝建元三年，闽越国与东瓯国发生冲突，汉军出动声援，闽越国闻讯而退兵，于是东瓯王摇“请举国徙中国，乃悉与众处江淮间。”这是闽越人第一次北迁，据说，东瓯国之众达四万余人；其后，汉武帝元封九年(公元前110年)，闽越国被汉军所灭，汉武帝认为：“东越狭多阻，闽越悍，数反覆。诏军吏皆将其民徙处江淮间。东越地遂虚。”这是汉武帝时期闽越人的第二次北迁，其数量应在东瓯国之上。然而，汉军并没有将闽越国逃至山林中的民众全部带走，《宋书·第36卷·州郡志》谓：“建安太守，本闽越，秦立国闽中郡。汉武帝世，闽越反，灭之，徙其民于江淮间，虚其地。后有遁逃山谷者颇出，立为冶县，属会稽。”可见，闽中人口较少的原因在于闽人的北迁。

汉武帝为何要将闽越人北迁？这与闽越地方较为僻远有关系，当时中国的文化中心在中原一带，不要说岭南与闽中，就连江南地区文化的发达程度也远逊于中原，属于地广人稀的地带。因此，当时的中原政权对遥远的闽地的统治，颇感吃力。于是，他们将边远地带的闽人迁移到江淮一带，集中发展江淮区域。应当说，这一策略是符合其时代特点的。以后数百年里，闽地不再有反抗汉朝的力量。

汉武帝的这一策略为吴国所继承。三国时期，吴国立国江南，统治中心在长江中下游区域的南部。当时江南的人口不多，人口仅占全国的十分之二三，吴国要与北方强大的曹魏抗衡，感到十分吃力。而且，吴国控制的疆土上，有不少反抗吴国统治的山越人。他们分布于东南丘陵的山地，也就相当于今的福建、江西、湖南三省及安徽、浙江二省的南部，构成对吴国政权的威胁。为了应付内乱外敌，吴国的策略是：掳掠南方山地的人口，补充军队，并将其集中于江淮一带屯垦。以对抗魏国大军。因此，东吴的名臣几乎都有与山越人作战的历史，他们战胜之后，便将越人编成军队，带到江淮一带作战。例如，诸葛谨之子诸葛恪经营丹阳郡三年，得“甲士四万”，后移屯庐江一带。

吴国时期的闽中，是山越人的重要地盘之一，当时闽地自汉武帝迁闽越之后，经过三百年的休养生息，人口有所增长。东汉末建安年间，孙策派山阴人贺齐领南部都尉，率兵南下闽中。当时仅闽北的山越人即有六七万户。经过八九年的战斗，贺齐平定了闽地沿海一带。贺齐将山越人中的青壮年编为军队，约有一万余人，从此，他的实力大增，成为吴国的重要战将之一。后来，他率领这支部队平定南方的多次叛乱，晚年任“后将军假节领徐州牧”，他的军队，也应是随他来到江淮一带。这是闽越人的第二次北迁，闽地人口因而减少。据《晋书·地理志》，西晋统一南方后，晋武帝太康年间，闽地建安郡与晋安郡九县合共仅有8600户。如果说贺齐南下时闽地人口可能接近十万户，那么此时已损失了十分之九。其原因在于贺齐将闽地人口迁移至江淮一带。

从吴国军队活动的特点来看，向南方地区搜掠人口是其国策之一，吴国地广人稀，不乏可耕土地，但缺少耕田的农民与参战的战士，所以，他们重视人口更胜于土地。晋朝以后，闽中的人口增长极慢，隋朝统一闽中，设置建安郡，辖有四县，共计12400多户，适当地增加人口是有必要的。因故，隋朝派军队到流求国，其真实目的是补充东南沿海的户口，让他们成为隋朝控制下的劳动力，增加国家的收入。这与两汉三国以来中原朝廷的政策是一致的。

那么，隋朝从流求迁来的移民被安置于何处？正史上一直没有记载。近来，我从明代史学家何乔远的《闽书》中找到一条记载："福庐山……又三十里为化南、化北二里，隋时掠琉球五千户居此。化里，则皇朝大学士叶向高之乡。"按，福清的化南、化北二里，在清代的福清县地图上还能看到，它位于福清半岛之上，东部是半岛中部的三山，校对于1983年的《福建地图册》中的福清地图，它相当于福清县的港头乡与江镜乡。据宋代《三山志》的记载，化南里与化北里，原名化夷里，后一分为二，称之为化夷北里，化夷南里，明代又简称为化北里、化南里。化夷的本意为：以优秀的文化感化海外夷人。因此，从化夷里的原始称呼看，这里确实是隋朝安置台湾夷人的地方。再看《三山志》关于其他各县的记载，在闽东境内，也有冠之以“化”的村名记载，这说明从台湾迁来的居民有可能散布于福建沿海各地，但有线索可查的，仅有福清县的福庐山了。

隋朝的时候，福建仅有12400多户，从台湾移来的数千人，若是都安置在福建沿海，对闽人的血缘有一定影响。从这一角度也可解释：为什么福州人的一些民俗与台湾先住民相似。总之，这是一项重要的发现。（海峡之声广播电台《闽南话》节目2001年3月7日）

台湾——闽人眼里的古流求

隋朝大业六年，隋炀帝派出一支万人的军队远征流求，后将流求国俘虏17000余人安置于福建沿海，这是福建与台湾交流史上的一件大事。然而，这古代的流求究竟是今日的冲绳群岛还是台湾岛，国际学术界一直争论不休。古文献对流求的记载十分繁杂，有的互相矛盾，这是学者对流求认识差异很大的原因。我认为，要从繁乱的记载中找出流求的真相，应当把握一个原则，即主要着眼于闽人对流求的认识。因为，福建是与流求最近的地方，历史上闽人对流求的了解最为细致。

就福建的传说而言，福州许多靠海的地方相传可以看到“流求”。《三山志》云：“昭灵庙下，光风霁日，穷目力而东，有碧拳然，乃琉球国也。每风暴作，钓船多为所漂，一日夜至其界。其水东流而不返，莎蔓错织，不容转柁。漂者必至而后已。其国人得之，以藤串其踵，令作山间，盖其国刳木为盂，乃能周旋莎蔓间。今海中大姨山，夜忌举火，虑其国望之而至也。”这条史料表明，琉球在昭灵庙之东，而且距“大姨山”不远，否则流求的原住民不可能看到大姨山的火，便向大姨山驶来。那么，昭灵庙与大姨山在何处？必须说明的是，

郑开阳《筹海图编》上的琉球与小琉球

《三山志》是宋代福州的州志，由曾任宰相的福州知州梁克家在淳熙年间编成。以上文字都是《三山志》记载福清县“山川”时留下的，而且，有关昭灵庙的记载，是附于“唐屿”之下。所以，“昭灵庙”与“大姨山”都在福清境内，而且，昭灵庙是在唐屿之上。按，福清唐屿，即今平潭县的唐屿，它恰好是福州市辖区内距离台湾最近的岛屿，也是福建省距离台湾最近的岛屿。所以，从唐屿余坑山上看到的琉球只可能是台湾，不可能是冲绳列岛。以上史料表明，宋代《三山志》中的琉球国，肯定是台湾岛。这里顺便要说的是，琉球是明代朝廷为冲绳中山国所取的名字，以后中山国一直以琉球之名向明朝进贡，琉球之名因而流传开来。明代的文献说到古代的“流求”，经常将其改名为“琉球”。《三山志》虽然是一部宋代的史籍，但其最早的刻本及抄本，都是明代晚期的，所以，古文献中的流求，已经被改为“琉球”之名。

福建史志中，还有一些记载涉及流求的方位。

陆游于南宋时期到过福州，他在诗中回忆当年在福州乘海船的经验：“常忆航巨海，银山卷涛头。一日新雨霁，微茫见流求（在福州泛海东望，见流求国）。”从福州到台湾，古代的帆船约需一二天，但从福州到冲绳群岛，一般需要七八天，陆游由福州泛海，只可能在近处走走，以感受航海的兴奋，所以，他在福州海上看到的流求，只能是台湾。

福州民间一直有在鼓山顶可以看到台湾的传说，台湾古称流求，元代程文海所写的游福州鼓山诗中有：“眼底流求弹丸耳，楼船曾见汉家军。”可见，程文海所说的流求，也是台湾。

明洪武五年，明朝的使者杨载被派出使流求，要流求国人前来明朝进贡。但台湾岛的民众不愿离开台湾本土，杨载无法达到他的目的，便来到冲绳群岛，将当地的中山国人带到明朝进贡，这样，流求古名转被冲绳群岛所占用。明朝并将冲绳群岛的国家定名为“琉球”，其实，这是一个历史的误会。

冲绳群岛占有“琉球”之名后，对福建沿海民众来说，有一个怎样称呼台湾的问题。一开始，人们仍称台湾为琉球，例如，明初闽县诗人王恭在其《送人游鼓山》一诗中咏及琉球：“灵源洞口白云飞，君去凭高入翠微。闽越故城关外小，琉球

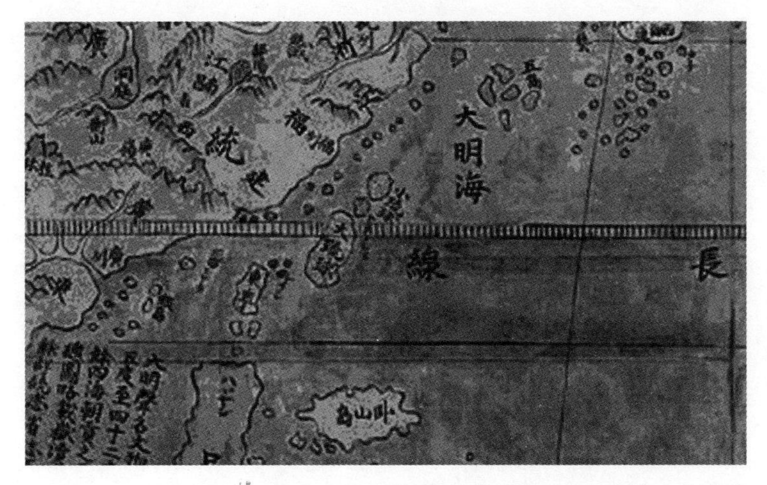

利玛窦世界地图上的大琉球和小琉球

孤屿岛边微。天花寂寂逢僧宇，林吹飘飘飏客衣。若对凤凰池上月，顿令心地亦忘机。”鼓山是福州东部的名山，鼓山顶上可以看到台湾，是福建民间流传已久的传说。王恭是明初福州名诗人，他引用“鼓山望琉球”之谚，诗中的琉球显然是指台湾。不过，杨载引中山国人以琉球之名到明朝进贡，福建民众一开始不明真相，时间久了，亲历冲绳的人多了，肯定就知道此“琉球”不是彼“琉球”，尤其是琉球船只经常到达的福州港的民众。于是有了一个怎样称呼古代流求的问题。明代正德十五年，福州太守叶溥和福州籍的名士共同编纂《福州府志》，就其所列参考书而言，本书参考了明朝弘治年间编纂的《一统志》，但对琉球国的解释有所变动。正德《福州府志》在介绍了大琉球国之后，又有“小琉球国”的记载：“不通往来，不曾朝贡。”这段解释虽然简短，其功绩是将冲绳群岛和台湾岛分开来，让人知道这不是一个地方。而后，台湾的“小琉球”之名开始流行起来。正德嘉靖年间的大儒、晋江人蔡清在注释《论语》时说：“小邾，小邾国也。与邾子益来朝之邾不同，故言小，以别之。犹言小琉球之类。”蔡清讲课的对象是泉州一带的书生，他们应对小琉球很熟悉，所以，蔡清引用了“小琉球”之名来解释历史上的“小邾国”。至此，小琉球成了台湾的正式称呼。晚明的地图常常称台湾为小琉球，其原因在此。不过，后来一些西洋的学者发现被称为“小琉球”的台湾实际上比冲绳群岛大，他们自行将台湾称为大琉球，冲绳群岛称为小琉球，搞得那一时代的地图一片混乱。最后，人们只好用新的名词称呼台湾，如北港、大员、台湾等，台湾是最后的定名。而琉球之名，也就留给冲绳群岛了。

施肩吾与澎湖岛

澎湖位于台湾与大陆之间，是台湾海峡最重要的岛屿，也是从大陆到台湾的跳板之一。澎湖又名平湖，它首次进入文人的视野，首见于晚唐诗人施肩吾的诗。诗云："腥臊海边多鬼市，岛夷居处无乡里。黑皮年少学采珠，手把生犀照咸水。"这首诗载于《全唐诗》，诗的题目为"平湖"。围绕着这首诗，学术界有一番争议。

连横在其名著《台湾通史》中有一句话："及唐中叶，施肩吾始率其族，迁居澎湖。肩吾，汾水人，元和中举进士，隐居不仕，有诗行于世。其题澎湖一诗，鬼市盐水，足写当时之景象。"连横这段话根源是在施肩吾的诗，但又发挥了自己的想象。其实，从施肩吾的诗中，肯定无法得出施肩吾率族人到澎湖的结论。所以，连横的这段话一直被人引为诟病，并带累施肩吾诗的可靠性。一些人认为：施肩吾的诗只是写"平湖"，无法证明平湖即是澎湖。又有人说：从施肩吾诗描写的内容看，施肩吾所写的未必是今日的澎湖，而可能是鄱阳湖，因为：施肩吾诗中的"平湖"，音近鄱湖；但是，其他的学者马上指出：施肩吾的诗中明明是写“咸水”，只有海水才可能是咸水，鄱阳湖水肯定不是咸水。所以，施肩吾的诗不可能是写鄱阳湖。这一分析是有道理的。另一些学者在此基础上指出：自古以来，岭南的回浦以出产海珠闻名天下，却从未听说澎湖有产珠。因此，施肩吾所写的未必是澎湖，而可能是回浦。

由此可见，争论的焦点之一是：“平湖”一名是否指澎湖岛？我们知道：《全唐诗》是一部清代学者编著的唐诗总集，当时编纂者但求数量之多，并没有一一考证，以故，《全唐诗》一书中混入不少后人的作品。因此，甚至有些人怀疑施肩吾之诗是伪托的。其次，光从全唐诗中平湖一名，就说它是指澎湖，确实缺少说服力。考施肩吾一诗，最早出现于宋代的《方舆胜览》一书，其作者为南宋福建的建阳人——祝穆。宋版的《方舆胜览》至今尚存一部，近年，上海古籍社将其影印出版。该书第十二卷泉州部分的第七页，记载了澎湖之名。其文云：“泉之晋江，东出海间，舟行三日，抵澎湖屿，在巨浸中，环岛三十六。”紧接其下，附载了施肩吾的诗。由此可见，施肩吾的诗至少在宋代即有了，当时离施肩吾在世不过二三百年，没有理由说施肩吾这首诗是伪作。其次，澎湖岛又名平湖，可见于宋代的文集，宋名臣周必大的文集中，即是将澎湖称为平湖，而直到明代《武备志》所附郑和下西洋图中，还是将澎湖称之为平湖。这说明：平湖确实是澎湖的别称之一。在福建省的方志中，我见过这样的说明：澎湖群岛四面是山岛，当中是一片平静的海水，因此，当地人称之为“平湖”。连横在这一点上的解释并没有错。

但是，连横对施肩吾的诗，也有理解错的地方，他以为施肩吾是汾水县人，而汾水县今在山西，一个山西人怎么会在交通困难的古代从山西来到澎湖？有人因此怀疑施肩吾的诗是伪造的，并非没有一点根据。其实，施肩吾是唐末浙江睦州分水县人。施肩吾一生长期活动于浙江沿海，曾经隐居于浙东四明山，所以，他完全可能从浙东或闽东下海来到澎湖。从当时人的行踪来看，直到唐代，北方南下移民入闽，尚有走海道的，《霞浦县志》记载：晚唐乾符年间，有一名道士陈蓬者驾舟从海来，家住后崎，号白水仙，有诗云：“水篱疏见浦，茅屋漏通星。”陈蓬与施肩吾一样，是一个修道的人，他可以乘船航行于台湾海峡，为何施肩吾不可能呢？道士对海外仙山一直有浓厚的兴趣，所以，从现有的材料看，不能否定施肩航海澎湖的可能性，当然，他去过澎湖未必就等于在澎湖定居。连横记忆有误，也是不可否定的。

从施肩吾的诗中，我们可以了解唐代澎湖的情况。从诗中我们知道：当时澎湖已有“鬼市”。鬼市，一般用以称非正式的市场，多在傍晚举行，忽办忽散，没有定期，故称鬼市。澎湖有人居住，一定要有贸易，市场出现是很自然的。施肩吾用“鬼市”一词，反映了澎湖市场的草创阶段。此外，一个很意外的收获是：澎湖也是我国的海珠产地之一。中国海域生产珍珠的地方有两个是著名的，其一是回浦，当地的珍珠被称为“南珠”；其二是琉球附近的海域，在珠宝商中，称琉球珍珠为“东珠”。澎湖位于琉球与回浦中间，虽说现代已不产珠，但在古代却有可能是产珠之地，施肩吾的诗证明了这一点。珍珠在古代的价值极高，倘若澎湖确实产珠，它一定要出售于大陆，从这一点来看，唐代澎湖这一群岛引起大陆人的注意，不是没有道理的。（海峡之声广播电台《闽南话》节目2001年4月4日）

元代反对征讨台湾的吴志斗

元朝发兵瑠求（台湾），是元朝经营台湾的一件大事。《元史·瑠求》记载："世祖至元二十八年九月，海船副万户杨祥请以六千军往降之，不听命，则遂伐之。朝廷从其请。继有书生吴志斗者，上言生长福建，熟知海道利病。以为若欲收附，且就澎湖发船往谕，相水势地利，然后兴兵未晚也。冬十郎，并给银符。往使瑠求。"可见，因闽人吴志斗的建议，元朝改变了直接以武力攻打瑠求的方式，改派吴志斗先行说服，希望不动刀兵，便让瑠求前来进贡。以上是《元史》旧有的记载。近来，我在张之翰的《西岩集》中新发现一条史料，有助于认识吴志斗与杨祥的争议。张之翰有一首名为《送吴泉阳使琉球》的诗："建安郡东有琉球，八百年不通中州。天清风静曾极目，依稀但见云烟浮。人言此地足奇货，上请便欲一鼓收。吴君生长闽海曲，独谓何足烦戈矛。九重许辨非与是，折渠不倒不肯休。朝堂诸公为动色，一书能止百万之貔貅。诏令彼往君亦往，其意岂与陈张侔。海神不惊水安流，明年事了登归舟。看书竹帛垂千秋。"

诗中的闽人吴泉阳奉命出使琉球（瑠求），他应当就是《元史》中提到的闽人吴志斗，“志斗”应是他的名，“泉阳”是他的号。吴志斗是闽人，“泉阳”一般指泉州南部的晋江县地区，所以，从其名号来看，吴志斗应为晋江人，也有可能是同安、南安人，因为，同安及南安都在泉州的南面。张之翰的诗揭示，杨祥主张发兵琉球，其目的是想掠夺海外的财富。吴志斗挺身反对，在朝廷上面折杨祥，并说服朝廷大臣支持他的主张——先派人游说瑠求，若瑠求不肯进贡，再派军队压服琉球。

我们知道，元朝是中国历史上最崇尚武力的一个朝代，为什么朝廷大臣会接受吴志斗的建议？这是因为，此前元朝两次征日本都遭到失败，十万以上的元朝军队大都葬身海外。忽必烈愤于远征军大败，下令沿海各省造船，准备第三次远征日本。由于元朝计划造船数量极多，造成沿海各地民众极大的压力。在众臣的劝导下，忽必烈最终取消了这一计划。不料才过了十年左右，又有人主张海外扩张，老百姓的不满是肯定的。吴志斗正是在这一背景下敢于和杨祥争论，要求先行招抚瑠求。应当说，吴志斗这种以和平为上的海外政策，是一种明智的政策，也是合理的要求。所以，忽必烈答应了他的要求，并派其担任礼部员外郎，出使瑠求。吴志斗以一个无名的书生，大胆上书朝廷，对军国大事评头论足，最后让朝廷任命

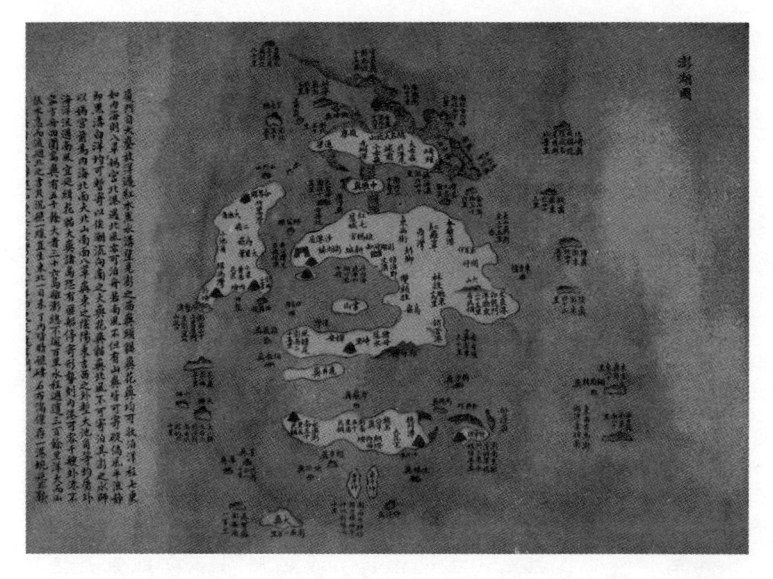

澎湖图

他为礼部官员，作为使者出使外国。可以说，吴志斗是战国时期苏秦、张仪再现，在民众中引起极大的轰动。张之翰咏吴泉阳："九重许辨非与是，折渠不倒不肯休。朝堂诸公为动色，一书能止百万之貔貅。"从这两句诗来看，当年吴志斗还和对手在朝廷上进行辩论，将杨祥驳得哑口无言，其风采令人怀想。在这一背景下，张之翰为其赠诗送行，以壮行色，则是可以理解的。其时，还有另一个人也给吴志斗赠诗，他就是元代名臣赵孟頫。

赵孟頫的《松雪斋集》中，有一首《送吴礼部奉旨诣澎湖》的诗："为国建长策，此行非偶然。止戈方见武，入海不求仙。朱绂为郎日，金符出使年。早归承圣渥，图像上凌烟。”赵孟頫称赞吴志斗的主张是“为国建长策”，这是有见识的观点。赵孟頫并盼望吴志斗能够成功回来，建功立业，成为凌烟阁上的名臣。

张之翰及赵孟頫大力支持吴志斗，其实反映了朝廷上的文武之争。以赵孟頫为首的汉人儒臣，希望用儒家思想改造忽必烈，对外采取和平为主的政策。而杨祥则代表元代朝廷武将历来的观点，是通过战争取富。所以，他们往往轻率地发动对外战争，给民众带来极大的灾难。老百姓从心理都是希望和平的，所以，吴志斗的建言，让老百姓十分高兴，朝廷中的儒臣对他支持也是很大的。实际上，没有朝廷诸臣的支持，吴志斗的建言，根本无法上达“天庭”。

赵孟頫在元朝的经历是十分奇特的。他原是宋朝宗室，宋亡之后居于民间，因才华过人，被元朝廷请出做官。赵孟頫于至元二十四年进入元朝廷，马上被任命为五品官职，超越官场许多人。忽必烈对其十分信任，有事经常咨询赵孟頫的意见。因赵孟頫的身份十分独特，他马上在汉人中引起注意，民众往往将其当做一面旗帜，知道只有他能为汉人说话。元朝的其他官员对此十分不安，他们见赵孟頫与忽必烈很亲近，很想将赵孟頫逐出朝廷。吴志斗建言招抚，肯定是赵孟頫在背后支持，否则他不会写诗送行吴志斗。他的成功，引起其他朝廷贵官的不满，赵孟頫对此十分明白。次年正月，赵孟頫突然要求外放地方官，并得到批准。从此，赵孟頫脱离中央朝廷，长期在地方做官。直到元仁宗上台，他才返回朝廷，仕至一品高官。

赵孟頫主动退出中枢是聪明的举动。因为，承担出使瑠求任务的吴志斗最终遭到武将集团的报复。《元史•瑠求》记载吴志斗及杨祥去瑠求的情况：

“二十九年三月二十九日，自汀路尾澳舟行。至是日巳时，海洋中正东望见有山长而低者，约去五十里。祥称是瑠求国，鉴称不知的否？祥乘小舟至低山下，以人众，不亲上岸，令军官刘闰等二百余人，以小舟十一艘载军器，领三屿人陈辉者登岸。岸上人众不晓三屿人语，为其杀死者三人，遂还。四月二日至澎湖。祥责鉴、志斗已到瑠求文字，二人不从。明日不见志斗，踪迹觅之，无有也。先志斗尝斥言祥生事要功，欲取富贵。其言诞妄难信。至是疑祥害之。祥顾称志斗初言瑠求不可往，今祥已至瑠求而还，志斗惧罪逃去。志斗妻子诉于官，有旨发祥、鉴还福建置对。后遇赦不竟其事。”

以上记载表明，杨祥对吴志斗记恨在心，所以，他在寻找瑠求时仅仅遇到一些小挫折，就下令返航，置吴志斗的使命不顾。此时吴志斗若是同意杨祥的“已到瑠求文字”，自己就有失职的罪名，因其未能招降瑠求就返航了。因故，吴志斗不肯签字，当夜吴志斗就失踪了，他明显是被杨祥暗算的。杨祥为何要暗算吴志斗？这是因为吴志斗能说会道，在朝廷上辩论，杨祥肯定不是对手，届时会被朝廷追以失职之罪。耐人寻味的是，元朝表面上要追究吴志斗死之案，最终还是因大赦放过杨祥，这反映了元朝嗜血的武将集团在对外政策中有更强的发言权。其时，赵孟頫已经退出中枢，朝廷中儒臣的势力大减。不久，元朝重又拾起海外扩张的政策，发起远征爪哇等战役。这时已经没有人阻挡了。

总之，吴志斗与杨祥之争不是个人意气，而是朝廷中文武众臣的派系之争。吴志斗死于出使途中是一个悲剧，也是儒臣集团失败的一个象征。其后，元朝再度发动新一波的海外扩张。不过，儒臣们的主张，具有深谋远虑的特点，它最终使元朝廷对瑠求采取和平政策，这是元末汪大渊等人可以和平登上台湾岛的原因。

从袁进到郑芝龙

晚明是台湾开发的重要时期，许多人认为：郑芝龙是开发台湾的第一人，也有人说，颜思齐在郑芝龙之前到达台湾，他才是开发台湾的第一人。实际上，在颜思齐之前，袁进、李忠等海盗已在台湾的北港盘踞多年，他们才是开发台湾的第一人，而郑芝龙是袁进事业的继承者。

《明史·鸡笼传》记载台湾的海盗："崇祯八年，给事中何楷陈靖海之策，言：自袁进、李忠、杨禄、杨策、郑芝龙、李魁奇、钟斌、刘香相继为乱，海上岁无宁息。今欲靖寇氛，非墟其窟不可。其窟维何？台湾是也。台湾在彭湖岛外，距漳、泉止两日夜程，地广而腴。初，贫民时至其地，规鱼盐之利，后见兵威不及，往往聚而为盗"。这段引文明确指出海盗袁进、郑芝龙等人以台湾为其巢穴，从其"相继为乱"一句来推测，袁进、李忠盘踞台湾应在郑芝龙之前，清代史学家吴伟业的《绥寇纪略补遗·漳泉海寇》明确地说："漳、泉海寇，起自袁进"；可见，袁进与李忠是漳泉贫民，他们到台湾，原来不过是谋取鱼盐之利，而后乘势而起，成为海盗首领。

关于袁进和李忠，曹学佺的《石仓全集·湘西纪行·海防》记载最为详细：万历四十七年（1619年）秋，“海寇袁进、李忠赴辕门投降。初，进等飘飖海上已久，囊有余赀，既迫于广兵之追捕，又苦于闽寨之缉防，计无复之。乃令家属袁少昆等诣南路副将纪元宪、水标参将沈有容军前乞降。王中丞宣谕散党归农，方待以不死。袁寇即解散余党四十余船，被掳六百余人，带领头目陈经等一十七名，愿同报效立功。”

据以上史料，袁进和李忠二人在海上横行多年，最后于万历四十七年降于明朝。而颜思齐与郑芝龙二人是在天启元年（1621年）才到台湾建立水寨，可见，颜思齐与郑芝龙应是在袁进降明后才进入台湾，他们应是袁进事业的继承者，而不是台湾最早的开拓者。

那么，袁李二人究竟是什么时候到台湾开拓？史册未有明确记载。要回答这一问题要从招降袁进、李忠二人的沈有容说起。沈有容是明代后期有名的福建水师将领，曾经于万历三十年率领水师进剿盘踞澎湖与台湾的海盗，“海上息肩者十年”。迨至万历三十九年之后，台湾海峡渐有新的海盗活动，正如吴伟业所说：“漳、泉海寇，起自袁进”；可见，袁进与李忠应是在这一时期进入台湾的北港，建立水寨，八年后向明朝投诚。

曹学佺的记载也表明：袁进和李忠的海盗队伍有相当规模，降明时，他们至少拥有40余只海船，他们能虏获600余名人质，说明他们的海盗队伍至少有数百人，也可能达到上千人。实际上，袁进与李忠是将台湾当做《水浒传》中的“梁山泊”，他们在这里驻扎海盗队伍，拥有数十艘海船，经常出掠台湾海峡的商船，并与明朝水师作战。由于袁进与李忠在台湾至少八年以上，所以，他们要在台湾建立水寨，打猎捕鱼，乃至垦田种地，就这个意义上说，袁李二人才是台湾最早的开发者。此前虽有一些零星的海盗在台湾活动，甚至潮州大盗林凤也到过台湾，但他们都不像袁进与李忠长久驻扎，不能成为开发台湾的第一人。

袁进最后的结局也类似《水浒传》里的宋江。《石仓全集·湘西纪行·海防》说：袁进、李忠降明之后，万历四十八年（1620年），福建巡抚王士昌：“乃为具题请旨。袁进、李忠皆以色总军前听用。后随参将沈有容往山东登莱援辽。”此后，袁进、李忠长期在北方作战，《明熹宗实录》第33卷记载，天启二年五月，守备官袁进驻兵旅顺附近；而《泉州府志》记载，袁进的一生由“裨校进大都督”，可见，他最终成为明军的高级将领。

郑芝龙先是跟随颜思齐等人在台湾做海盗，而后投降明朝成为水军将领，他的一生其实都在模仿袁进，而杨禄、杨策、李魁奇、钟斌、刘香等海盗都有降明的历史，可见袁进对台湾海盗影响之大。

郑成功进兵台湾时，声称要讨回其父郑芝龙原有之地。荷兰人竭力争辩：荷属东印度公司的记载表明，郑芝龙原为荷兰人一个翻译，他来到台湾比荷兰人迟。其实，郑芝龙进入台湾要比荷兰人早。《石仓全集》记载：袁进与李忠离开台湾之后，北港成为商业港口，中国与日本的商人在此贸易。福建巡抚沈演的《止止斋集》第55卷《答海澄》一文论述北港："海上贼势虽剧，倏聚倏散，势难持久，犹易扑灭。而大患乃在林锦吾北港之互市，引倭入近地，奸民日往如骛，安能无生得失。明明汪五峰故事，倭之市虽不可绝，而接济之奸安得不严禁，……其患或在数年之后，不意目前遂尔猖獗，……倭银若至北港，虽日杀数人，接济终不能仕，何者，利重也。……倭之欲市，诚不可绝，然渠何必北港，使断此一路，倭市在洋船而不在接济，无论饷食日增而海上永无患矣。……如所谓林心横诸人皆林锦吾下小头领，其作此无赖，锦吾亦未必知，就中何法禁弭，移檄北港诘问，似可行"。

在这里值得注意的是：身任福建巡抚的沈演能够"移檄北港诘问"，说明在袁进降明之后，福建巡抚直接管辖北港。事实上，福建官府还有进一步计划。姚旅《露书》记载："北港……闽抚院以其地为东洋（此处应指菲律宾）、日本门户，常欲遣数百人屯田其间，以备守御"。明人周婴在其同名为《东番记》的一文中提到："疆场喜事之徒，爰有郡县彼土之议矣"。

但是，在福建官府尚未正式行动时，又有其他海盗到台湾活动，《石仓全集•湘西纪行•海防》说："天启元年（1621年），有惯走倭国巨贼总管大老、大铳老、鸣喈老、黄育一等，因领岛酋货本数千金，为其党我鹏老所夺，不敢复归，竟据东番北港掳掠商船，招亡纳叛，争为雄长"。以上史料表明：袁进离开台湾北港后两年，有一股在日本贸易的商人因财产被海盗掳掠，干脆下海为盗，他们也在台湾北港驻扎。《台湾外志》记载颜思齐与郑芝龙正是在天启元年到台湾开拓，他们不是属于"我鹏老"一伙，便是属于"大铳老"一伙。其后台湾海盗大举袭击闽粤沿海，《明熹宗实录》天启二年三月丙午条记载："先是，两广总督陈邦瞻疏称：闽广之间，海寇林辛老等啸聚万计，屯据东番之地，占候风汛，扬帆入犯，沿海数千里无不受害"。由此可见，袁进虽然离开台湾北港，但北港的海盗并未就此偃旗息鼓，在林辛老等人的领导下，北港海盗的队伍达万人以上。

荷兰舰队于1622年（天启二年）7月10日抵达澎湖，从此开始了长达两年的澎湖危机。福建官府为了让荷兰人离开澎湖，用尽了各种方法。顾祖禹《读史方舆纪要》第99卷记载："总兵俞咨皋者，用间移红夷于北港……北港盖在澎湖之东南，亦谓之台湾。天启以后，皆为红夷所据"。所谓"用间"，即是俞咨皋利用官府的压力迫使侨居日本的同安大商李旦出面与荷兰人谈判，李旦不懂外语，翻译由郑芝龙承担，郑芝龙此时的身份有两个：其一，他是李旦的伙计，其二，他是台湾的海盗头子。但对荷兰人而言，他只看到郑芝龙是一个翻译。李旦最后的计划是：将台湾海盗占据的北港让给荷兰人暂时居住，满足了荷兰人在中国边疆租借一个类似澳门的商埠的欲望；同时，荷兰人退出澎湖，将其还给福建官府管理。必须说明的是：若非郑芝龙是台湾的海盗头子，李旦这一计划根本无法执行。台湾海盗退出北港后，他们将根据地北移八掌溪口的魍港，而北港在荷兰人的统治下，后来发展为“大员”。其次，台湾海盗在郑芝龙的指挥下，主要向大陆发展。他们在福建、广东沿海一带大肆掳掠，队伍发展到数万人，不过，最后郑芝龙还是投降明朝，成为明朝的官员，其后，他对台湾的管理也放松了，荷兰人逐渐占据整个台湾。

总之，自袁进以来，海盗在台湾北港驻扎已有12年，他们实际上拥有对台湾的管理权。郑芝龙作为后起的海盗头目，是袁进事业的当然继承者，而将北港暂租给荷兰人的谈判，也是他一手进行的，所以，他很清楚荷兰人在台湾的地位，他们原来不过是租借者而已。从这一背景看，1662年郑成功向荷兰人讨回台湾是合法的，也是有根据的，只是荷兰人无视这一点而已。（《闽台文化交流》2006年1月）

施姚争功及清廷统一台湾的内幕

1683年，清朝水师渡海统一台湾，这是中国历史上的重要事件，历来引起许多人的兴趣。然而，这一事件笼罩着诸多迷雾，例如是谁促成清廷下决心统一台湾?施琅是怎样出山的?施琅被封为“靖海侯”之后，为何福建总督姚启圣不服气?施姚二人在事后争讼不已，甚至连史学家也分成两派，至今仍可看到这种争议在延续。笔者研究原始资料后，发现争议在于学者不了解清廷的原始密件与决策过程。将这些内幕揭橥于众，是非便一清二楚了。

明清之际，满族铁骑横扫东亚大陆，不论是配备大炮的明朝军队，还是蒙古游牧骑兵，甚至是以步枪为主要武器的澳门雇佣军与俄罗斯哥萨克武装，全都不是他们的对手。然而，生活于内陆的满族人对海洋十分陌生，更别说海战了。明末英雄郑成功便是利用这一点，在海上与清廷大军对抗，满族将领望洋兴叹，任其纵横，徒唤奈何。这种状况一直延续了数十年，直到郑成功死去，其子郑经退往台湾岛。清廷与明郑政权隔海相望，一段时间里，使者往来，暂时无事。康熙初年的

“三藩之乱”发生后，郑经乘机率部在大陆登陆，大闹东南。这使清廷感到，要让中国稳定，非统一台湾不可。

然而，清廷统一台湾的打算一开始就遭到很大的阻力。首先，满族大臣都不懂航海，对此不敢赞一辞。而汉族大臣多有怀念明朝之情。因而朝廷大臣多主张招抚。最为典型的是福建水师提督万正色，他原是明郑旧臣，降清后曾在清廷与“三藩”的战争中大显身手，率水师大破吴三桂水军，使清军得以攻下岳州，扭转了大局。吴三桂灭亡后，他又被调到福建前线，再次大破明郑水师，克复厦门、金门二岛，迫使郑经退往台湾。他本是进攻台湾的最好人选，然而，当康熙皇帝征询其意见时，他却说海战很难，不可轻率进军，百方推托，康熙皇帝只得罢休。康熙深知，渡海作战绝非易事，没有找到合适人选，不可轻易发动战事。促成康熙下决心的，是福建总督姚启圣。

姚启圣是浙江绍兴人，早年以侠义闻名于乡，曾一怒而杀死两名抢劫百姓的清兵，受到通缉。潜逃多年后，姚启圣想到天下只有一处是捕快万万想不到的藏身之地——八旗，便投入八旗当兵，躲过追捕。他有建功立业之志，但前半生十分不顺。启圣入八旗之后曾建议朝廷在八旗举行科举，并考中头名举人，被派到广东香山县当县令。他在任内经营海外贸易，后被广东巡抚检举革职，因为，当时清朝海禁十分严厉，从事海外贸易是非法的。不过，他也因为从事海外贸易，对海上情况十分了解。被革职后的姚启圣，已经年过六十，两鬓斑白，仍然一事无成。他却一点也不悲观，认为大丈夫于世只要遇到机会，还是可以大有作为的。“三蕃之乱”发生后，康熙派康亲王率旗兵南下。这一代的康亲王是满亲新贵，年轻，不懂事，到江南花花世界，就不愿走了，整天花天酒地，数月不进军，让康熙皇帝急得要命。幸好姚启圣知道他所部的八旗军已经南下，便投入康亲王的帐下。姚启圣是绍兴人，绍兴师父在清朝是最有名的。他们娴于吏事，能说会道。姚启圣擅长策划，巧舌如簧，口能生花，将康亲王摆布得团团转。贪玩的康亲王干脆将政事全交给姚启圣，而姚启圣不愧为绍兴师爷中的天才人物，他替康亲王出谋划策，为清军克复福建立下大功，升至福建总督。康熙皇帝对他十分欣赏，有“闽督今得人矣”的评语。姚启圣为报知遇之恩，同时也为了实现“大丈夫生当封侯”的理想，一心想统一台湾。

早在1681年清廷收复金门、厦门二岛不久，姚启圣便上奏要求清廷同意他亲率水师剿灭台湾，以绝后患。但那时清廷上下和谈空气很浓，福建方面的将领——康亲王、定南将军赖塔、福建巡抚吴兴祥、福建水师提督万正色等都反对出兵。朝廷中，以纳兰明珠为首的内阁大臣也认为姚启圣的奏疏不可取，还是以招抚为上。于是，清廷派出使者与台湾的明郑政权和谈。对此，姚启圣阳奉阴违，给和谈制造障碍，使双方无法谈拢。另一方面，他在朝廷中争取同盟者。这时，康熙皇帝对福建事务的主要顾问是大学士、福建安溪人李光地。启圣与李光地交谈过多次，通过接触，李光地也渐渐接受了姚启圣的观点，倾向于武力解决，这对康熙皇帝的决策产生了重大影响。1682年，台湾方面发生政变，郑成功之子郑经病死，长孙郑克臧继位，不久被大臣杀死，拥立其弟郑克塽。政变使台湾郑氏的内部矛盾暴露无遗，姚启圣看出这是一个“天亡海逆”的好机会，便上奏朝廷，要求“合水陆官兵审机乘便直捣巢穴(台湾)”。在李光地等人的赞同下，康熙皇帝终于下决心以武力统一台湾。可见，姚启圣是清廷决策统一台湾的关键性人物。

姚启圣对统一台湾的第二个贡献是：选用了靖海将军施琅为福建水师统领。施琅原为郑成功部下有名的大将，因和郑成功发生权力之争而降清。他擅长水战，并与郑氏政权有血海深仇，这样的将领当然是统率水师的最好人选。然而，他的出任却历经曲折。早在郑成功去世时，清廷曾派他率水师远征台湾，但因半道遭遇台风，无功而回。其后，清廷对他产生怀疑，将他调至京城，担任内大臣，以便进一步考察。施琅虽然入京。可是，他的子侄多在福建任职。“三藩之乱”发生后，郑经渡海而来，福建官军多为郑氏部下，成批地投入郑经队伍中，其中便有施氏家族的人。例如：施琅的长子——施世泽原在清军中任职，但在海澄被攻克之后，便在明军中任将领；而施琅的一个侄儿施明良甚至成为郑经的亲信，每日追随左右。当然，郑经对他们的信任是有限的，郑经对清廷水师将领唯一担心的便是施琅，他将施明良带在身边，意在表明与施家非常亲热，使朝廷不敢放手起用施琅。这一离间之计曾一度奏效。姚启圣本人，不熟悉海战，早就想保用施琅为助手。他对施琅与郑氏藕断丝连的关系也曾头痛过。但是，他认定“施琅即有一子在海，尚有六子在京，京中家口数百，肯为一子而舍六个儿子与数百家眷乎?”于是，他三次上疏保奏施琅。然而，清廷都未同意。

要使清廷同意施琅出山，除非施琅家族不再被郑经信任。姚启圣就在几个关键点上做手脚。据江日昇的《台湾外志》记载：施明良虽在郑经身边，却暗地里和清军互通消息。有一次，他请郑经去厦门海边玩，事先在海边埋伏了一艘船，企图劫持郑经献给姚启圣。这个阴谋被郑经大将刘国轩发现，他派人在半道截获郑经的出游队伍，并将施明良的阴谋告诉郑经，郑经果然大怒，不久杀死施明良和施世泽的全家。从这些史料看，施明良与姚启圣是有勾结的，而他这一冒险的计划很可能是姚启圣的主意。姚启圣这一做法的目的，无非是让郑经杀死施家子弟，使清廷不再怀疑施琅，为施琅的出山创造条件。

果不其然，在郑经杀死施氏兄弟后，清廷不再怀疑施琅，当康熙下决心统一台湾之际，便应姚启圣与李光地之请，派施琅出任福建水师提督。

清廷统一台湾的战事，前后仅持续几个月，然而，有关谁是这一大功的创建者的争议却延续了几百年。当年事毕后，施琅被封为“靖海侯”，说明清廷认定施琅为主要功臣。这引起了当时任福建总督的姚启圣的极大不满，他认为自己的功劳被施琅骗取，乃至愤恚而死。姚家子弟聘请全祖望等著名学者为姚启圣作传，力争统一台湾之功。从此，史学界聚讼不已，莫衷一是。其实，姚启圣对统一台湾有功，正如上文所述，但最后完成这一大功的却是施琅，这也是不争的事实。

施琅入闽就职不久，便与姚启圣就统一台湾的战略发生了争议。姚启圣主张冬季出兵，兵分二路，一路水师由施琅率领。出战澎湖明郑水师主力，另一路由他率领，在台湾北部登陆，从北向南进攻。二军会师于台南安平镇，便可全歼明郑主力。在施琅看来，这一计的缺点在于：其一，在冬季进军，海上东北风迅猛，战舰无法驻足，若一战不胜，船队只好退回，功败垂成；其二，兵分二路，分散清朝水师力量。明郑水师主力在澎湖，澎湖一仗才是决定性的，如果清水师能战胜澎湖的明郑水师，大局已定，根本不需要陆路大军；假使在澎湖作战中清水师失利，在台陆军后路被切断，有被聚歼的危险。所以，分兵是不可取的。施琅的方案是夏季出兵，而且集主力于一路，与澎湖明郑水师主力决战。施琅认为，夏季无风天气多，远道而来的清军水师可以在大海中从容休息，有利于决战。这一作战计划是打破常规的，在福建水师中，大多数将领都认为夏天台湾海面常有台风，一旦遇上台风，水师船只有倾覆的危险。所以，夏季作战风险很大。在这些水师将领的支持下，姚启圣坚持原有方案，与施琅发生争执，两人势同水火。由于出兵方案不能定下，清军水师一直无法出动，一拖再拖，连续两年无法出兵。清廷为此十分头痛。就在关键的时候，大学士李光地来到福建，一日，他在一家茶店避雨，碰巧遇上了施琅。李光地先是责备施琅独持夏季出兵之议，与众不协。但是，经过施琅分析利弊，李光地被说服了，决心支持施琅的方案。回京后，李光地说服重臣采用施琅方案，将福建水师的指挥权全部交给施琅。

对于改变方案，康熙皇帝原是不同意的，认为施琅作为下级不该排挤姚启圣，但看到施姚二人的矛盾无法解决，而率领水师作战，又非施琅莫属，所以在重臣的劝说下，最终支持施琅。施琅独掌军权后，于康熙二十二年夏发兵，在澎湖战胜明郑水师，取得统一台湾的决定性胜利。

当施琅决定夏天出征澎湖之时，姚启圣面临多种选择。他本可随军亲自到澎湖督师，这样，即使施琅获胜，他也有功劳。不过，万一施琅战败，他也要承担责任。究竟要不要亲自督师？姚启圣犹豫不决。他将自己心中的疑难请教一个老水手。这个老水手在海上生活多年，富有海上经验。不过，不知这位老水手是明郑方面的间谍、还是明郑方面的同情者，他告诉姚启圣：夏天台海多暴风雨，一旦遇上风暴，清朝水师只得退回。所以，施琅出兵，成功的可能性很小。于是，姚启圣决定不随施琅出兵，只是在后方督运粮饷，并且控制驿道，垄断向北京方面通报消息。

澎湖之战后，姚启圣利用控制驿道的便利条件抢先上奏报功，得到康熙嘉奖。随后，台湾传出要求投降的消息。姚启圣与施琅又在招降问题上展开了竞争。姚启圣一方面上奏要求准许郑克塽投诚，另一方面派出使者乘船去台湾招降。然而，使者之船到了闽江口，却无法行驶。这是因为，夏天福建沿海盛行南风，从闽江口到台湾，要乘北风南下，如果遇上南风，帆船无法南进。为了祈求风向改变，姚启圣还派人到湄洲岛的妈祖庙祈风，许若为妈祖庙修缮。然而，有十几天，海上就是没有北风。姚启圣的招降船就是无法出发。

话说台湾的明郑割据者，自从澎湖一战后，便知道无法抗拒清朝水师了。不过，这时明郑水师还有相当的力量，至少可以聚拢两万以上的水师，又有坚固的赤嵌城和安平镇堡，这两座城堡都是由荷兰人建成，城堡相当坚固，很难攻克。当年郑成功围攻热兰遮城（即安平镇堡）八个月，才迫使守城的荷兰人投降。如果明郑军队一意坚守，清朝水师也很难将其拿下。另一方面，明郑水师还可选择南逃西班牙殖民地马尼拉。因西班牙人曾在马尼拉屠杀华侨，台湾的明郑政权与西班牙人矛盾尖锐。郑成功拿下台湾之后，一度想发兵马尼拉，像收复台湾一样拿下菲律宾群岛。不幸郑成功突然病逝，西班牙人逃过一劫。当清朝水师进据澎湖之后，明郑大臣冯锡范等人也想离开台湾到马尼拉开拓新天地。要知道，此时台湾的明郑水师还有数万人，其中若有一万精锐，拿下马尼拉城的希望是很大的。但是，主政的明郑大将刘国轩却主张向清朝投诚。他认为，明郑军队越海攻击马尼拉，有一定的风险，不如投降清朝，仍能保住富贵。至于向清朝哪一个官员投诚？台湾方面的官员其实更欣赏姚启圣。姚启圣任福建总督后，以宽厚闻名，曾在漳州设立安边馆，招降明郑官员。凡是投降清朝的明郑官员，姚启圣让他们降三级起用，这是清朝分化瓦解明郑力量的重要计策。相对而言，明郑与施琅之间，却有杀父杀子之仇，所以，他们更倾向于向姚启圣投诚。只是姚启圣的使者迟迟未到，这就给了施琅机会。

施琅的大军虽然已经到了澎湖，但要攻克台湾，同样要等待北风，而且，台湾的明郑集团还有相当的力量，要以武力拿下台湾，还要一番大战。对施琅来说，更为头痛的是，万一冯锡范等人挟郑克塽出逃国外，按照清朝的律法，施琅不能擒获对方的“首恶”，还是有过错的。因此，对施琅来说，最好的方法也是早日招安郑克塽及其大将。当然，施琅要招安明郑，也有心理上的障碍。因为，若是招安郑氏，作为清朝的大臣，他就不能向郑氏报仇了。到了这个地步，施琅要取得台湾一役的全胜，就必须将家仇放在一边。当时的形势也让他无法选择，他的上级福建总督已经派出招安使者，只是因风期不顺，一时无法到台湾。如果施琅坚持要打，结果只怕是台湾的明郑向姚启圣投降，施琅落得竹篮子打水一场空。这种情况下，施琅果断地选择放弃报家仇的计划，他置个人恩怨于不顾，全力招降台湾。由于他在澎湖，与台湾交往方便，所以双方很快达成协议。郑氏家族许诺将他们在台湾与福建的田产全部献给施琅，施琅则保住他们的一条性命。施琅的招安，得到明郑内部大将刘国轩的全力支持。刘国轩在台湾掌握兵权，他派士兵看住各大臣的家门，迫使他们向朝廷投降。少部分不愿降清的抗清人士，偷偷下海乘船，驶向南洋谋生。清初南海上的海盗，多为郑氏的游兵散勇。不过，明郑的大部军队，还是在刘国轩的压力下，向施琅投降。

明郑的降书一到澎湖，施琅高兴地跳了起来。为了绕过姚启圣独占全功，他派遣使者从澎湖乘船，乘海面上南风盛行的机会直航天津，抢在姚启圣之前报功。当时福建到北京相隔两千多公里，从陆上顺驿道上奏北京，至少也要十几天。施琅的船只从澎湖直接北上，由于顺风，仅用了七天就到了北京。康熙皇帝看了施琅告捷奏疏十分高兴，马上批示，给施琅封“靖海侯”。可以想象，如果这封奏疏上也有姚启圣的名字，康熙皇帝一高兴，会给姚施二人一齐封侯。因此，事后姚启圣痛责他身边的老水手，坏了自己大事。他若随军到澎湖，施琅无论如何都无法绕过他，直接向皇帝上奏。如今他坐镇后方，海上交通被施琅严密封锁，等姚启圣确认台湾明郑已经投降，康熙给施琅封侯的诏令也已经下达。对姚启圣来说，黄花菜都凉了。

然而，施琅一不做、二不休，李光地说他“蓄毒入郑家，得姚一点阴利事”，让人在康熙皇帝面前打小报告。这使康熙对姚启圣的看法大变。康熙后来就施姚二人的关系表态：“朕观姚启圣近来行事颇多虚妄。当施琅进兵时，不及时接济军需，每事掣肘。所造战船，徒费钱粮，多不堪用。又屡奏捐助银十七八万两，大约虚冒居多。”在这三条罪状中，捐银是徐元文弹劾姚启圣的老账。说实在的，姚启圣并不是那种清廉而无所作为的官员，他领到军费后，“用如泥沙”，化公为私的可能性很大。但是，他毕竟把建功立业视为头等大事，一旦军费不足，他也肯把吃进去的东西吐出来。有时周转不灵，他便将妻妾们的金银头饰充为公用。所谓“捐银”，大约就是在这种情况下出现的。他去世后，亏空库银五万两，他的身边也只有几百两银。在到处都是贪官的背景下，姚启圣若为此而受惩罚，他是不会心甘的。其他几条罪状也不符合事实，姚启圣有点冤枉。姚启圣在朝廷中一向很孤立，失去康熙的支持后，便一筹莫展，统一台湾之功竟被施琅独揽，施琅封侯而姚启圣受处分，最后忧愤而死。得知姚启圣已死的消息，康熙想到他为统一台湾所做的贡献，也有些伤感。其时，姚启圣亏空的军费达五万两之多，康熙下令免除这一欠账，并未向其家属追究。

施琅对姚启圣恨之入骨，不惜置之于死地，这是为什么?是否知道了长子施世泽与侄儿施明良被杀的内幕?在史料中我们看不到施琅对长子之死发表过任何议论。台湾统一之后，施琅与明郑将领广泛接触，他不可能不知道其中原因，但是，站在清廷的立场上，他永远无法指责姚启圣。因为，他的儿子是叛逆，姚启圣策动他们叛郑归清，是在为清廷建功。他们死了，也洗刷了叛清的罪名，并为自己出山创造了条件。但是，作为一个父亲，作为一个老年丧子的白发老人，他永远无法容忍别人夺去自己爱子的生命。他虽然功成名就，而丧子之痛却永远伴随着他，因此，他要报复！姚启圣因建功被夺遗憾而死，施琅在荣耀中走完孤独的残年，他们纵然成为永垂清史的人物，但自身的遗憾却是永远无法弥补的。（福州《炎黄纵横》1996年第2期；北京《统一论坛》1996年第6期转载）

图书在版编目（C I P）数据

台湾散记 / 徐晓望著. -- 福州 : 海风出版社,
2013.11
ISBN 978-7-5512-0124-7

Ⅰ. ①台… Ⅱ. ①徐… Ⅲ. ①散文集 - 中国 - 当代
Ⅳ. ①I267

中国版本图书馆CIP数据核字(2013)第237613号

台湾散记

作　　者：徐晓望
责任编辑：周雨薇
书籍设计：林巧玲
出版发行：海风出版社
（福州市鼓东路187号　邮编：350001）
印　　刷：福州力人彩印有限公司
开　　本：889×1194mm　　1/32
印　　张：8 印张
字　　数：130 千字　　　图：88幅
版　　次：2013年11月第1版
印　　次：2013年11月第1次印刷
书　　号：ISBN 978-7-5512-0124-7
定　　价：48.00元